优雅的汉语

中文经典100句

东莱博议

季旭昇

总策划

曾家麒

编著

上海三联书店

《东莱博议》背景简介：

《东莱博议》是南宋大儒吕祖谦所著，吕祖谦祖籍河南开封，其家族在北宋初始即为煊赫名门，曾祖父吕好问曾受恩封为东莱郡侯（今山东境内），世称吕祖谦为东莱先生。吕祖谦与朱熹、张栻过从甚密，时称"东南三贤"。东莱先生的名气多半来源于由他主持的"鹅湖之会"，不仅首开书院会讲之先河，并且与会的双方为当世影响力最大的两个儒学学派宗师——朱熹（代表的是宋代理学）和陆九渊（代表的是心学之源），由于理学与心学在有宋一代乃至明清时期占据了儒门的主流，鹅湖之会也成为后世称道的盛事。

《东莱博议》收录的文章是东莱先生教授学生时撰写的科举范文，为议论文典范，依于《左传》文本展开论辩与评论，是当时学子上课、科举考试的必备用书。宋、元、明、清历代以来流传不息，迄今在台湾地区仍为大学授课、各级考试及公务员考试的重要教材。《博议》之文旁征博引，往往能启发思路，甚至在民国时期诸多报社的时评社论都取道于《东莱博议》；论理分明，充分发挥了汉语微言大义与雄辩磅礴之特点，处处是惊人之笔，说理头头是道，笔锋犀利，辩驳有力。东莱先生文章气盛辞严，理富思精，既便于模仿又启发文思，原北大著名教授金克木先生早年作文即学《东莱博议》，专门推荐过此书。

目录

生天下之善者，出于敬；
生天下之恶者，出于慢

内暗则外求，
外求则内虚

一念之是，咫尺禹汤；
一念之非，咫尺桀纣

名句的诞生

钓者负鱼，鱼何负于钓？猎者负兽，兽何负于猎？庄公负叔段，叔段何负于庄公？且为钓饵以诱鱼者，钓也；为陷阱以诱兽者，猎也。不责钓者而责鱼之吞饵，不责猎者而责兽之入阱，天下宁有是耶？

——卷一·《郑庄公共叔段》

完全读懂名句

1. 负：对不起。

2. 庄公：即郑庄公，姓姬，名寤生，是郑武公的儿子。

3. 叔段：郑庄公的同母弟弟，名段。曾受封于京，所以称为京城太叔。后来逃亡到共地，所以也称共叔段。

4. 宁：哪里，难道。

语译：钓鱼的人对不起鱼儿，鱼儿哪里对不起渔夫？打猎的人对不起野兽，野兽哪里对不起猎人？郑庄公对不起共叔段，共叔段哪里对不起郑庄公？更何况安上钓饵以吸引鱼儿上钩，责任在于钓鱼的人；设下陷阱来诱捕野兽，责任在于打猎的人。不责备渔夫而责备鱼儿吞下钓饵，不批评猎人而批评野兽进入陷阱，天底下哪有这样的事？

钓者负鱼，鱼何负于钓？猎者负兽，兽何负于猎？

名句的故事

春秋时郑武公妻子武姜先后为他生了寤生和段两个儿子。因为武姜生寤生时难产，害她差点丧命，所以武姜喜欢段而讨厌寤生，好几次劝郑武公改立姬段为继承人，但是没有成功。后来，姬寤生即位为郑庄公。

武姜有心培植次子姬段的势力，于是请郑庄公把京这个地方封给姬段。由于京地是个大城，所以大臣劝郑庄公收回成命，免生后患。郑庄公虽然推说那是母亲武姜的意思，却也在无意中说出自己心里的真正想法："多行不义，必自毙。"意思是说，姬段迟早会因为做太多坏事而没有好下场。

尽管大臣一而再，再而三地劝郑庄公要管一管姬段，郑庄公却仍是装糊涂，放任姬段一步步扩张自己的领地。过了一阵子，姬段以为时机已经成熟了，准备起兵叛乱，而武姜也准备在国都当姬段的内应。没想到郑庄公早就在两人身旁安排了卧底，得知消息之后，他立即派兵攻打姬段所在的京地。姬段战败后逃到鄢地。郑庄公进一步攻打鄢地，逼得姬段逃往共地。

对于这件事，孔子对郑庄公和姬段的行为都极度不满，于是在《春秋》一书记下"郑伯克段于鄢"这句话，暗指两人根本不配当兄弟。吕祖谦认为，为了杀害弟弟姬段而故意纵容他叛乱的郑庄公才应该为这件事负全责，如果郑庄公在弟弟一开始有野心时就予以制止，弟弟怎么会犯下滔天大祸呢？所以吕祖谦才会说："钓者负鱼，鱼何负于钓？猎者负兽，兽何负于猎？"

历久弥新说名句

在法国大革命前，法王路易十四为了对付革命党，于是派人伪装为革命的支持者，以诱捉真正的革命分子。这种做法被称为"诱捕侦查"，俗称"钓鱼"，在今日仍广泛应用在打击犯罪上。

举例来说，警方会故意伪装成购买毒品的人，在交易时逮捕提供毒品的罪犯。此外，警方也会用这种做法破获色情集团或查获援助交际等卖淫行为。毋庸讳言，这种做法确实有助于打击犯罪，然而，这种近于引诱犯罪的做法，也引起了法界的广泛讨论。

如果办案人员为了增加绩效，故意用高额的报酬，诱使原本无意犯罪的人从事犯罪行为，再予以逮捕，这样的做法便与教唆犯罪无异。英国的知名法官丹宁勋爵曾经说过："社会必须有逮捕、搜查、囚禁犯罪分子的权力与手段，以维护社会的安全。然而，如果滥用这种权力与手段，那么，它的危害将更甚于暴政。"法律上不容许"入人于罪"等陷害他人的做法，这就是吕祖谦认为郑庄公对不起弟弟的原因。

但是，因被陷害而犯罪的人却也应该接受道德上的批评。试问，如果是用心端正的君子，又岂能为利益所引诱而犯罪？况且姬段本来就有不臣之心了，并不是被陷害犯罪的。而且，纵使是被人唆使，但是犯罪就是犯罪，岂能说毫无责任？由此看来，吕祖谦认为共叔段没有对不起郑庄公，却忽略了他也有应负的责任，也不算是公允之论。

君子之情未尝不与人同也，而爱恶与人异

名句的诞生

人皆爱奇，而君子不爱奇；人皆爱高[1]，而君子不爱高。君子之情未尝不与人同也，而爱恶与人异者，何也？盖物反常为怪，地过中为偏。

—— 卷一·《宋穆公立殇公》

完全读懂名句

1. 高：不切实际的事物。

语译：一般人都喜欢奇怪的事物，然而有德的君子不喜欢奇怪的事物；一般人喜欢唱高调，可是有德的君子不喜欢唱高调。君子的心理状况和一般人没有什么不同，可是他所喜欢或讨厌的事物和一般人不同，这是为什么呢？因为事物逾越了常理就成了怪异，就像是土地不在中心地带就是偏远地区一样。

名句的故事

在历史长河中，"推位让贤""兄终弟及""父死子继"等，都是王位的继位方式。古代最主要的王位继承模式，还是以"父死子继"为主。父亲去世，就由嫡长子继位，虽然不尽公平，但是这种制度减少了争夺王位的可能性，为维持和平发挥了功用。

宋宣公临终前，却并未依照一般

的继位模式，把国家传给儿子，反而传给了弟弟穆公。后来，穆公临死前再把国家还给宣公的儿子殇公，而不传给自己的儿子庄公，甚至把庄公赶到国外。后来，宋国大夫华督杀了殇公，改立庄公。对此，吕祖谦颇不以为然，他认为宋宣公故意做一些特别的行为，让自己显得很与众不同。吕祖谦说："君子之情未尝不与人同也，而爱恶与人异。"指出君子的特质在于不会故意特立独行，宋宣公并不符合君子这项特质。

　　宋宣公传位给弟弟，宋太祖也如此。历史上，宋太祖传位给弟弟赵光义一事则是一宗悬案。据说某一晚，宋太祖邀弟弟赵光义喝酒。到了深夜，房里烛光摇曳，似乎发生争执，甚至传出投掷斧头的声音。翌日，赵光义对外宣称兄长因病驾崩，临终前将皇位传给了他。

　　赵光义到底是不是弑兄篡位，当朝的吕祖谦决计不敢评论。不过，他既然批评了宋宣公"兄终弟及"的做法，自然也批评到宋太祖。自宋朝开始，因为文字而招祸之例很多，吕祖谦借古批今，委实需要过人的勇气，而这正是史学家必须拥有的品质。

历久弥新说名句

　　古人认为"身体发肤，受之父母"，所以"不敢毁伤"。不过，却有人故意学习蛮夷之邦的风俗，在身上文了各种图案。在古人的眼中，那就是怪异的行为。

　　唐朝段成式所著的《酉阳杂俎》中记载了一些文身的故事：有一个名叫赵高的人，背上文满了佛像。有一回因为犯罪要接受鞭刑，官吏看到他背上文了佛像，害怕亵渎佛陀，于是不敢行刑。赵高见到官吏不敢行刑，十分得意，于是更加嚣张。后来，有一位名叫李夷简的官吏上任，负责审理他的案件。李夷简下令责打赵高，说要把赵高背上的佛像打到看不见为止。由此可见，真正的君子是不会受那些怪异行为迷惑的。

北宋文学家欧阳修曾经说过："不立异以为高，不逆情以干誉。"反对故意做一些违背常情的事来求取名声。

明代有位名叫黄绾的官吏，在人前炫耀自己的背上也像岳飞一样刺了"尽忠报国"四个字。皇帝知道了，不希望其他人有样学样，用刺青这种表面功夫来代替实际的表现，就下令把他剥光了衣服来检查，重重地羞辱他一顿。

怪异的行为只能欺瞒一时，不能永久奏效，而且，对于有智慧的人而言，这些怪异行为完全不足为道。在现代，有些人为了表示深爱着对方，就往身上刺青，把对方的名字文上身。不知道这些人算不算是黄绾这一类的人呢？

名句的诞生

未见之情[1]，人所未知；未动之情，己所不知。历[2]举天下之事其迹可指者，使人评之曰孰为善，孰为恶，孰为忠，孰为邪，孰为是，孰为非，孰为诚，孰为伪，犹参差[3]而不得其情，况于情之未见于外者乎！

——卷一·《卫州吁》

完全读懂名句

1.见：通"现"，表现。情，实情。

2.历：遍，全部。

3.参差：不一致。

语译：还没有表现的实情，别人不会知道；还没有发生的实情，自己也不会知道。详细列举天下各种有确实记录的事情，让人民评断谁是好的，谁是坏的，谁是忠心的，谁是邪恶的，谁是对的，谁是错的，谁是真实的，谁是虚伪的，还是会有各种不同的意见，而无法确定哪个才是实情，更何况是还没有表现在外面的实情呢？

名句的故事

卫庄公很宠爱州吁这个儿子，无论他做错什么事，庄公都不会责罚他。在父亲的溺爱下，州吁越来越蛮横，

未见之情，人所未知；未动之情，己所不知

经常和坏朋友一起为非作歹。他有个朋友名叫石厚，石厚的父亲石碏（què）是卫国的大夫。石碏经常责骂石厚，也常劝庄公要好好管教州吁，但庄公并没有采纳他的意见，石厚也常常躲到州吁的家里不肯回去。

庄公死后，桓公继位。懦弱的桓公也放任自己的弟弟州吁，以致州吁越来越坏，终于趁机杀死了自己的哥哥桓公，取代他成为国君。

州吁即位后，始终得不到臣民信服，于是向石碏求教。石碏假意说："若是能得到天子的认可，自然就会得到臣民认同。这件事可以请陈国国君协助，但是必须亲自去才可以显出诚意。"

听了石碏的意见，州吁就带着石厚前往陈国。州吁一出发，石碏便抢在他们之前送了一封密函给陈国，要他们杀了州吁和石厚这两个叛国贼。州吁和石厚一死，卫国的乱事也宣告平定。

对于这整件事，《左传》称赞石碏"大义灭亲"之举，吕祖谦却认为石碏太晚劝告卫庄公。正所谓"未见之情，人所未知"，若是他能见到"未见之情"，在一开始就劝阻卫庄公不要溺爱儿子，就不会有以后的乱事。

历久弥新说名句

《易经》是命理学最推崇的经典，而汉代的京房是研究《易经》的大师级人物。身为易学大师，京房自有一套预知未来的方法，不过，他所采用的方法或许和一般人所想的不同。

有一次，京房问汉元帝："周幽王、周厉王为什么会失去王位？他们所任用的是什么样的人？"汉元帝回答说："他们任用的都是不忠诚的人。"京房说："明知道他们不忠诚，却还任用他们，这是为什么呢？"汉元帝说："他们这些亡国之君，总以为自己所任用的是贤能的臣子，若是知道他们不忠诚，又哪里会任用他们呢？"这时，京房叩头说："将恐今之视古，亦犹后之视今也。"意思是说，现代的人这样看待古代的事，后代的人恐怕也会这样看待现代的事吧！

《东莱博议》说："未见之情，人所未知；未动之情，己所不知。"事实上，任何事情都有征兆，所以事情往往不是看不到，而是不懂得如何看。看到前面的人跌倒了，即使还没看到前方的路，也知道前面可能有坑洞；看到别人用奇怪的眼神看着自己的脸，即使不用照镜子，也知道自己的脸上可能有脏东西。

州吁、石厚有意作乱，石碏在一开始却看不出来，这是因为他不懂得如何去看。虽然后来杀了两位叛国贼，但对国家的伤害已经造成，石碏又哪里弥补得了呢？

从历史的发展去看事情，从别人的眼光去看自己，这是看透自己、预测未来的最佳办法，又何必依赖神秘的力量呢？

戒之以祸者，所以使人君之畏也；谕之以理者，所以使人君之信也；悟之以心者，所以使人君之乐也。

名句的诞生

进谏之道，使人君畏吾之言，不若使人君信吾之言；使人君信吾之言，不若使人君乐吾之言。戒之以祸者，所以使人君之畏也；谕[1]之以理者，所以使人君之信也；悟之以心者，所以使人君之乐也。

——卷一·《臧僖伯谏观鱼》

完全读懂名句

1.谕：晓谕，说服。

语译：劝谏人君的方法：使国君畏惧我的话，不如使他相信我的话；使国君相信我的话，不如使他乐于接受我的话。用灾祸来谏阻国君，是希望国君懂得畏惧；用道理来游说国君，是希望国君相信自己；要使国君真心觉悟道理，就要让国君乐于接受。

名句的故事

鲁隐公听说棠地的捕鱼方法很特别，想去一探究竟。大夫臧僖伯认为此举不恰当，于是劝谏鲁隐公说："国君要管理的，是和祭祀、作战等大事有关的器物。如果不是这类大事，国君就不用亲自处理。更何况，国君有责任把百姓导入正轨，让他们做自己该做的事，国君去做那些与权责不匹配的事情，就是乱政。乱政一多，国家就会衰败。每年国君都会利用农事闲暇之余外出打猎，这是为了操演军队。每隔三年还要有一次大演习。整顿军队回去后，就要到宗庙去祭告祖先，清点兵器旗帜，排定贵贱等级，申明各种纪律。至于那些当不了祭祀品，上不了庙堂的鸟兽，不过就是一些乡野杂物罢了。那是小官贱役的职务内容，国君不该过问才是。"

听了臧僖伯的话，鲁隐公丝毫不以为意，只冷漠响应说："我也不过就是想巡视一下自己的国土罢了。"后来，鲁隐公仍去棠地观赏钓鱼。臧僖伯见鲁隐公不听忠言，就假托生病，不肯陪鲁隐公同去。《春秋》一书特地把这件事记载下来，让世人知道鲁隐公做出这种违背礼制的事，以使后世国君知所警戒。吕祖谦则以为，臧僖伯只是用道理去劝谏国君，并不足以让鲁隐公真心接纳他的意见，因此他特意点出"悟之以心者，所以使人君之乐也"这种更高明的说服技巧。

历久弥新说名句

莎士比亚说："与其用拳头说服对方，倒不如用笑脸说服对方。"劝服对方的技巧无非诱之以利、威之以势、说之以理、动之以情四种模式。若是在下位者试图说服在上位者，要想诱之以利或威之以势，往往只能举一些过去的事例来使对方信服。然而，对许多生性固执骄横的人而言，就算血淋淋的例子摆在眼前，他也会认为自己是例外。至于说之以理，那也不一定行得通，因为人在下决定时，不一定凭借理性。在劝服的四个技巧中，动之以情是最有效的。最高境界的动之以情不是诉诸感情或同情，而是用更好的事物来吸引。

尧的儿子丹朱生性顽劣，于是尧就发明了围棋，让丹朱沉迷其中，不致四处为非作歹。

唐朝魏徵在《谏太宗十思疏》一文中，告诉唐太宗，如果他能够听从自己的意见，用德行治理国家，就能够无为而治，享受安逸的快乐。这就是用"乐"来说服他人的正面例子。魏徵之所以能够成为知名的"谏臣"，绝不是偶然的。

名句的诞生

自曼伯[1]以降，制胜不同，同归于诈。是数子者，苟以君子长者之道处之，安能成其功乎？故儒家之小人，兵家之君子也；兵家之君子，儒家之小人也。彼区区[2]忠信诚悫[3]，何足称于孙吴之门[4]哉？

——卷一·《郑败燕》

完全读懂名句

1. 曼伯：郑国公子，名忽。他曾到周朝当人质，周朝则派王子狐到郑国做人质，史称"周郑交质"，象征周朝天子地位大为降低的重要历史事件。郑忽后来即位为郑昭公。

2. 区区：小小的。

3. 诚悫：诚实忠厚。悫，忠厚。

4. 孙吴之门：指兵家。孙指孙武，吴指吴起，两人都是知名的兵法家，所以他们被视为兵家的代表。

语译：从郑忽以后，得胜的方法各有不同，但都是出于诈术。这些战胜的人，如果是以仁德君子或忠厚长者的做事方法来打仗的话，怎么可能成就他们的功业呢？所以儒家所谓的小人，就是兵家所谓的君子；兵家所谓的君子，就是儒家所谓的小人。他们如果执着于他们所谓的微不足道的忠诚信实，又怎么得到孙武、吴起等兵家人士的认同呢？

儒家之小人，兵家之君子也；兵家之君子，儒家之小人也

名句的故事

公元前七一九年，卫国和其他国家攻打郑国东门，包围了五天才退兵。

为了报复对方，郑国在第二年领兵进犯卫国，卫国则会同南燕国的军队加以反击。郑国派祭足、原繁、泄驾三位将领带着正规部队在前方牵制卫国，另派郑忽、子元带领军队绕到卫国军队的后方，加以偷袭。卫国因此打了败仗，《左传》评论此事说："不备不虞，不可以师。"意思是说：没有做好充分的准备，以对应各种突如其来的状况，就不应该出兵打仗。

郑国并不是采取正面交锋的方式，而是用偷袭的手法取得胜利，所以一般人认为郑国的胜利证明了"兵不厌诈"的道理，所以说："儒家之小人，兵家之君子也。"

对此，吕祖谦深深不以为然。他认为，春秋时期的国家都不是真正的君子，所以互有胜负。如果遇上真正的君子，小人的诈术一定无法取胜。

公元九六〇年，赵匡胤登基为帝。为了统一天下，他挥兵南下，讨平各地势力。武平统治者病死时，赵匡胤向南平借路，借故要攻打武平。当南平派使者前来时，宋朝将领慕容延钊一方面盛情款待使者，用以消除南平的戒心，另一方面派兵夜袭南平。夺取南平后，宋朝军队也消灭了武平，平定湖南。

就单一事件来看，宋朝军队似乎是靠着诈术赢得胜利，但是，拉长时间来看，赵匡胤之所以能统一天下，却是因为他的宽厚仁慈能得民心。

从这一点来说，吕祖谦说："兵者，君子之所长。"（即用兵是君子所擅长的）所言不假啊！

历久弥新说名句

商场如战场，"兵不厌诈"这个战场上的硬道理似乎也适用于商业经营。从前孔子在担任鲁国司寇时，就处理过类似的问题。

在当时的市场上，流行在贩卖牲畜前，为牲畜灌下大量的清水，以增加牲畜的重量，抬高售价。孔子认为这是不诚实的行为，于是大力倡导防堵，最终改变了这样的风气。

古人说："无奸不成商。"认为商人大多奸诈，会用不正当的手段谋取暴利。然而，诈术只能用于一时，诚信才能长久。

奸诈的商人会被淘汰，诚实的商人才能长久，因为顾客的信赖是企业最重要的资产。现今的大企业都重视"商誉"，宁可赔钱，也不愿让企业的信用破产。

有"日本经营之神"美称的松下幸之助曾说："信用既是无形的力量，也是无形的财富。"不仅商业界如此，在人生的各种场合，这个真理都适用。

得不偿失，利不偿害

名句的诞生

惟合[1]《战国策》而观之，然后知策士[2]之谋，得不偿失，利不偿害。初不能使人之必听也，吾故表[3]而出之，以为策士之戒。

——卷二·《隐公辞宋使》

完全读懂名句

1. 合：闭合，通"阖"。

2. 策士：向人提供计谋，以求取名利的人。

3. 表：表明。

语译：只有合上《战国策》这本书而看清事实，才能够知道策士所设的计谋，成功的比例远远不及失败的比例，所获取的利益远远比不上所造成的伤害。他们本来就没有办法完全让别人听从，所以我特地明白地指出这件事，用来作为策士们的借镜。

名句的故事

公元前二七三年，赵国和魏国合攻韩国。韩国派陈筮向秦国求援。陈筮前去拜访当时秦国最有势力的穰侯。穰侯问陈筮："韩国的情况很危急吗？"陈筮说："还好。"穰侯生气地说："你们韩国派了许多使者来求救，你却告诉我'还好'！到底是怎么一回事？"

陈筮说："韩国的情况如果真的很危急，早就投降了。就是还不到很危急的地步，我才来请求援助啊！"听了陈筮的话，穰侯立刻请秦王出兵援救韩国了。

后人看了《战国策》的这段记载，都觉得当时的策士很厉害，轻易就能让别人听从自己的意见。不过，《左传》的另一段记载，却让吕祖谦有了完全不同的看法。

春秋时，郑国和邾国合攻宋国。宋国使者向鲁国求救。鲁隐公本来想去救援，就问使者："现在敌人打到哪里了？"宋国使者说："目前还没打到宋国的国都。"鲁隐公认为宋国使者意指情况还不算危急，于是打消出兵的念头。同样是求援，同样是强调情况不危急，结果却相反。吕祖谦认为策士的成功与否全靠运气，并不是口才。他说："得不偿失，利不偿害。"指出单靠口才，失败的例子远多于成功的例子，《战国策》专挑成功的例子来说，才让后人有靠口才容易成功的错觉。

由此可知，"得不偿失"这句话原本是指成功的例子远远不及失败的例子。只是，到了现代，"得不偿失"这个词语却有了转变，指付出太多，得到太少，这与《东莱博议》中的用法有极大不同。

历久弥新说名句

"股神"巴菲特精准的投资眼光为他赚进巨额财富，他的投资理论影响了投资人。他曾说："把所有鸡蛋放在同一个篮子里，然后小心看管。"观察巴菲特的投资行为，确实如此。他经常将资本重押在少数几家企业，也确实赚了不少钱。除了巴菲特之外，有"波斯湾的巴菲特"之称的阿瓦里德王子也是投资高手。他靠着三十万美元起家，而他把大部分的资金拿来购买某一家银行的股票，他的投资眼光也确实让他成为亿万富翁。

从以上的例子看来，"把所有的鸡蛋放在同一个篮子里，然后小心看管"似乎是一项投资的重要原则。不过，若认真统计起来，光是遵照此原则而致富的投资者，恐怕少之又少。《战国策》专记策士的成功事例，省略了许多失败的事例，以致人们误以为光靠口才就能逆转情势。

名句的诞生

盛怒不发于微罪，峻责[1]不加于小疵[2]，此人情之常也。陈侯[3]不许郑伯[4]之请成[5]，遂至于见伐，其失讲信修睦之义固可责矣。然春秋诸侯，一战一和，一通一绝，习以为常。如陈侯之罪，晋楚齐秦以降，莫不有之也。

——卷二·《郑伯侵陈大获》

完全读懂名句

1. 峻责：严厉的责罚。

2. 小疵：微小的过错。

3. 陈侯：陈桓公，姓妫，名鲍。

4. 郑伯：此指郑庄公。

5. 成：和解。

语译：不因为小过错而大发脾气，不因为小缺失而大加责罚，这是一般常见的情形。陈侯不接受郑伯所提议的和解行为，因而被讨伐。他没能做到讲求信用，没能和邻近的国家建立和谐的关系，对于这些背离道义的做法，固然应该加以谴责。然而，春秋时代的各国诸侯，有时交战，有时讲和，有时结交，有时绝交，各种情况都很常见，不足为奇。像这类陈侯所犯的过错，像晋国、楚国、齐国、秦国这些国家，没有一个国家不犯的。

盛怒不发于微罪，峻责不加于小疵

名句的故事

郑国向陈国请求签订和平条约，陈国国君却拒绝了。陈国公子佗说："与邻国和睦相处，这是一件很重要的事。希望您答应他们。"陈桓公说："宋国和卫国才是我担心的。小小的郑国有什么好在意的呢？"

陈国拒绝了郑国的请求后，郑国就起兵攻打陈国，使陈国受到莫大的损失。对于这件事，《左传》引《尚书》的文句批评陈桓公的罪恶："如火之燎原，不可向迩。"意指这种过错就像大火燃烧草原一样，一点也近不得。《左传》又引周朝大夫周任的话说："为国家者，见恶如农夫之务去草焉。"（治理国家的人，看到过错，就要像农夫去除杂草一样彻底革除。）

吕祖谦认为陈桓公只是犯了小过错，《左传》对陈桓公的批评却十分严厉。即使是对暴虐无道的君主，《左传》的批评也不过如此。

吕祖谦说："盛怒不发于微罪，峻责不加于小疵。"过错大，责备就重，过错小，责罚就轻，这原是人之常情，不过，吕祖谦认为，陈侯所犯的，虽然是小错，但也很可能成为大错。陈桓公的一句"有什么好在意的呢"，正是所有暴君或昏君的共同心理。

暴君认为百姓没有什么好在意的，昏君认为小人没有什么好在意的，所以暴君做事刚愎自用，昏君用人马虎随便。陈桓公的一句话，竟与暴君、昏君的想法相同，所以《左传》对他的责备也不无道理。

历久弥新说名句

《韩非子》一书提到，商朝的法律规定，凡是在公共的道路上倾倒灰烬，就要受到断手的刑罚。

子贡说："倾倒灰烬不过就是小错。为了一点小错，就要判处断手的严刑，古人未免太苛刻了吧？"孔子说："在路上倾倒灰烬就会洒到别人身上。别人因此生气，生气就会打架。打架就会找来亲朋好友一起助阵，接着就会造成严重的死伤事件。不倾倒灰烬是很简单的一件事，断手则是人人都害怕的刑罚。做一件容易的小事，就可以免除人人都讨厌的处罚。古人认为这是很容易做到的，所以就规定这一条刑罚。"

孔子主张刑罚要以宽厚为主，《韩非子》里的故事显然是造假。韩非不过就是借孔子之名来提出自己的主张罢了。他的推论看似合理，却没有逻辑上的必然性，也不合法律的"比例原则"。

犯的罪小，受的刑自然比较轻微，这是法律的"比例原则"。闽南语俗谚说："细汉偷挽瓠，大汉就偷牵牛。"（小时候犯了偷瓜的小错，长大就会犯下偷牛的大罪。）这话看似有理，但是调皮的小孩多的是，难道他们长大都会成为罪犯？他们犯了小错，难道就要用最重的刑罚来惩戒？"防微杜渐"的主张是对的，但是何必一定要用责罚的手段来阻止将来的祸患？"盛怒不发于微罪，峻责不加于小疵"还是比较合乎人性的做法。

天下之事，成于惧而败于忽

名句的诞生

天下之事，成于惧而败于忽。惧者福之原[1]也，忽者祸之门也。陈侯以宋卫之强而惧之，以郑之弱而忽之，遂以为郑何能为而不许其成。及兵连祸结[2]，不发于所惧之宋卫，而发于所忽之郑，则忽者岂非祸之门耶？

——卷二·《郑伯侵陈大获》

完全读懂名句

1. 原：根源，通“源”。

2. 兵连祸结：接连发生战争及灾祸。

语译：天底下的事，都是因为畏惧而成功，因为轻忽而失败。畏惧是幸福的根源，轻忽是灾祸的关键。陈桓公畏惧强大的宋卫两国，轻忽弱小的郑国，认为郑国拿陈国没有办法，于是不答应和解。到后来陈国接连发生战争及灾祸，都不是由他所畏惧的宋国或卫国引起的，而是由他所轻忽的郑国发动的，这么看来，轻忽难道不是灾祸的关键吗？

名句的故事

陈桓公一向畏惧宋国和卫国，认为这两个国家才是陈国的主要外患，郑国不足为惧。不过，陈国却在公元前七一七年因郑国的攻打而蒙受损失。

吕祖谦所处的宋朝也发生过这类的情形：北宋的主要外患为辽国及西夏，尤其是辽国。辽国占据着宋朝北方的燕云十六州，对大宋王朝构成极大的威胁。

宋朝曾多次攻打辽国，但都无功而返。辽国曾多次侵扰宋朝边境，使宋朝不胜其扰。在迫不得已之下，宋朝每年都要付给辽国巨额金钱，以换取短暂的和平。西夏的威胁虽然较小，但情况也差不多。

北宋晚年，由女真族所建立的金国势力渐大，成为辽国的主要外患。宋徽宗听从童贯和蔡京等一班小人"联金灭辽"的建议，和金国结盟，一起攻打辽国。最后，辽国是被消灭了，但是，接下来金国也攻入北宋的都城，掳走北宋皇帝，这件导致北宋灭亡的历史事件被称为"靖康之耻"。

宋朝宗室赵构逃到南方，建立了南宋。金国理所当然成为南宋的主要外患。

吕祖谦在撰写《东莱博议》时，想到北宋的情形，语重心长写下"天下之事，成于惧而败于忽"，就是希望南宋记取教训，不要轻忽看不见的威胁。可惜的是，南宋的皇帝终究还是重蹈覆辙，在"联蒙古灭金"的错误政策下，走上王朝的末路。

历久弥新说名句

在命理界，流传着十首《梅花诗》。这十首诗据说是北宋思想家邵雍所著，诗中预言宋朝以后的历史。

第一首诗的结尾两句是："山河虽好非完璧，不信黄金是祸胎。"暗示金国将成为宋朝的主要外患，而且会使得宋朝的国土残缺不全。后人相信，这两句点出了南宋的历史。

刘伯温的《烧饼歌》也是古代知名的预言。传说刘伯温有预测未来的能力。有一回，朱元璋正在吃烧饼时，刘伯温突然来访。朱元璋故意用碗盖住了烧饼，想要考考刘伯温。刘伯温轻易讲出答案。接着，朱元璋问他今后历史的发展。刘伯温用诗歌的形式预言了未来数百年的历史，后人称为"烧饼歌"。

《烧饼歌》用"防守严密似觉无虞，除非燕子飞入京"这两句诗预言燕王朱棣篡位一事。

朱元璋即位后，曾大封朱姓子孙，以巩固皇权。没想到，后来还是发生篡位夺权的政争，篡位者正是朱元璋毫无戒心的朱姓子孙。

学者认为，预言诗的存在大多出于后人伪造。不过，也确实真有预言之存在。宋朝吕祖谦说："天下之事，成于惧而败于忽。"明朝方孝孺曾说："天下之事，常发于至微，而终为大患。"前者预言了南宋被蒙古灭亡的史实，后者预言了明成祖朱棣篡位的史实。他们的预言并不是来自神秘的力量，而是来自于历史的教训。

名句的诞生

若止论已见之迹，是犹言火之热、言水之寒、言盐之咸、言梅之酸，天下之人知之，何假于吾说乎？惟君子之立论，信己而不信人，信心而不信目，故能用事而不用于事。

——卷二·《郑伯朝桓王》

完全读懂名句

语译：如果只是谈论已经表现在外的事情，就好像说火很热、说水很凉、说盐很咸、说梅子很酸，这是全天下的人都知道的，何必靠我来说呢？只有君子在提出理论时，信任自己的想法而不轻信别人的说法，相信自己心里的判断而不相信眼睛所看到的表象，才能够掌握事理，而不被事情的表象所迷惑。

名句的故事

郑庄公在位时，郑国国力极盛，连周天子也忌惮他三分。先前周平王想把政权托付给虢公，用以削弱郑国的势力。郑庄公非常愤怒，周平王为了平息郑庄公的怒气，只好和郑国交换人质，派王子狐住到郑国的都城。

周平王驾崩后，周朝的大夫有心请虢公来协助执政。郑国为了表示不

君子之立论，信己而不信人，信心而不信目，故能用事而不用于事

满，于是派兵到周朝的领地割取麦子，夺走属于周朝的收成。

周桓王即位以后，郑庄公前来朝见他。周桓王想到郑国抢夺收成的恶行，怒从中来，不肯礼遇郑庄公。大夫周桓公说："当初周朝王室东迁，全仰仗郑国、晋国等诸侯的帮助。即使善待郑国，都还要担心他不肯来，更何况不礼遇他呢？我想，郑国应该不会再来了。"

事情果真如周桓公所料，郑国不再朝见周桓王。为了惩戒郑国，周桓王率领几个小国去攻打郑国，结果在缮葛一地被打败。

《左传》引用周桓公的说法，旨在批评周桓王不够谦卑，不能以礼对待前来朝见的郑庄公。吕祖谦认为，世人只看到表象，认为是周桓王的无礼导致郑国的无礼，殊不知，就算周桓王放低姿态，也不能使郑国尊重周朝。

吕祖谦认为，在议论历史事件时，不能被他人的意见所左右，也不能受事件的表象所迷惑，这就是"信己而不信人，信心而不信目"，这是评论历史时十分重要的识见。

历久弥新说名句

赵翼是著名的史学家，著有《二十二史札记》一书。赵翼和袁枚相交甚深，见解相近，都主张作诗要有独创精神，评诗要有自己的看法。

清代的赵翼曾写一首诗，题为《论诗》："只眼须凭自主张，纷纷艺苑漫雌黄。矮人看戏何曾见，都是随人说短长。"意思是：读诗时，如果想要有独特的眼光，那么就要有自己的想法，不要跟随文艺界的人随口批评。如果不这样的话，就会像站在人群中看戏的矮子般，明明什么都看不到，也跟着别人说长论短。

当代作家柏杨曾写过一篇小说《打翻铅字架》，批评当时诗坛的怪现象：只要是名诗人写的诗，众人都说好——不管看不看得懂。

故事里提到一位诗人在把稿子交给排版工人制版时，和他发生了争吵，打翻了制版用的铅字架。排版工人一气之下，就胡乱排版，印出一本不知所云的诗集。出版后，诗集居然大获好评。对着盲目的大众，排版工人还真不知道该说什么才好。

评论时要有自己的想法，若是没有经过理智的判断，怎么知道别人讲的是对，还是错呢？

叙事者，载其实；论事者，推其理

名句的诞生

大抵论事之体，与叙事之体不同。叙事者，载其实；论事者，推其理。彼方册[1]之所载，既叙其事之实矣，论者又从而述其事，曾[2]不能推事外之理，是与叙事者无以异也，非所谓论事也。

——卷二·《郑伯朝桓王》

完全读懂名句

1. 方册：典籍。
2. 曾：竟然。

语译：一般说来，论事的体裁和叙事的体裁不同。叙事的体裁，讲求的是要记录完整的事实；论事的体裁，重要的是要推究背后的道理。典籍上所记载的，既然已经详述了事实的经过了，评论的人又再一次叙述事件，竟然不能推究出事物背后的道理，这和叙述事情没有什么差别，就不算是论事了。

名句的故事

公元前七○七年，周桓王因为不能忍受郑庄公的蛮横无礼，所以决定讨伐郑国。桓王征调了陈国、蔡国、卫国等，在繻葛之地和郑国交战。郑国首先击溃了陈国所在的左军。继陈国之后，蔡国、卫国也纷纷败退。失去各国的掩护，周桓王亲自率领的主力部队已无力抵挡郑国的强势攻击。郑国大将祝聃一箭射中桓王的肩膀。周桓王忍着痛，率领部队撤退。祝聃请郑庄公下令追赶。郑庄公说："我不敢和天子对抗，只是自我防卫罢了！现在既然打了胜仗，就不必再追击了。"当晚，郑庄公就派人去关心周桓王的伤势。

就郑庄公不肯追击周桓王，并派人慰问他等事实看来，郑庄公似乎不是坏到无可救药的叛臣。但是吕祖谦不以为然。他认为郑庄公是因为打了胜仗，才故意装出逼不得已的姿态，如果他打了败仗，只怕就会下令射死周桓公，以扭转局势。祝聃之所以能射中周桓王，缘于郑庄公的事先安排。

吕祖谦认为："叙事者，载其实；论事者，推其理。"评论事件要能看出别人看不到的事。由于世人被郑庄公的做法所蒙蔽，所以吕祖谦特别点出郑庄公用心之险恶，以求正确评论史实。

历久弥新说名句

春秋时代的晋灵公打算杀害大臣赵盾。赵盾得到消息，赶紧逃往国外。他还没离开国境，就听说同族兄弟赵穿杀了晋灵公。赵盾心想，晋灵公既然已死，自己的危险也就解除了，于是启程回到国内，并当上宰相。

史官董狐知道此事，就在史书上记下"赵盾弑其君"。赵盾向董狐抗议。董狐说："你既没有逃出国境，回来后又不诛杀赵穿这个叛国贼。国君就算不是你亲手杀死，也等于是你杀的。"古代史学家有所谓的"春秋笔法"，意指改动记载的事实，以达到批评或褒奖的效果。例如郑庄公的用心险恶，做法不当，《春秋》一书就称他为"郑伯"，硬是把他的爵位降两级。《春秋公羊传》说："《春秋》为尊者讳，为亲者讳，为贤者讳。"意思是说，《春秋》会为自己的国君、尊长或是贤人，隐瞒某些史实，不加以记载。这种做法在当时或许有其意义，却也扭曲部分的史实。盖棺不一定就可以定论，许多历史人物的评价会随着时代的不同而有所不同。

吕祖谦说："叙事者，载其实。"近代学者胡适则说："尊重事实，尊重证据。"让事实自己说话，或许才是比较好的做法。

名句的诞生

观人之术，在隐[1]不在显，在晦[2]不在明。显与明，人之所畏也；隐与晦，人之所忽[3]也。人之所畏，虽小人犹知自饰[4]；人之所忽，虽君子不能无疵[5]。

—— 卷二·《陈五父如郑莅盟歃如忘》

完全读懂名句

1. 隐：隐秘处。

2. 晦：幽暗处。

3. 忽：轻忽不在意。

4. 自饰：修饰自己。

5. 疵：缺失。

语译：观察人的方法，在于隐秘处而不在明显处，在于幽暗处而不在光亮处。明显而光亮的地方，人们都懂得小心注意；隐秘处和幽暗处，人们就可能会轻视忽略。在人们小心注意的地方，就算是小人也懂得要修饰自己；在人们轻视忽略的地方，就算是君子也不可能完全没有缺失。

名句的故事

诸侯间的盟会是春秋时代最重大的外交活动。在盟会上，不仅主人、宾客会特别留意对方的一举一动，借

观人之术，在隐不在显，在晦不在明

此探知对方真正的心意。若有失礼之处，史官也会立刻记录下来，流传后世，所以每一个与会者无不战战兢兢。在这样的情形下，仍有人会失态犯错。陈国的公子佗就是一个例子。

公元前七一六年，陈佗参加郑陈两国和谈的盟会。订立盟约仪式进行到最重要的"歃血"阶段，陈佗虽然依照礼仪，把血涂在嘴边，却显得心不在焉的样子。郑国大夫泄驾注意到这件事，说了一句："连重大盟誓都不在意，陈佗将来应该会遭遇灾祸吧！"过了几年，陈佗趁他的兄长生病时，杀了陈国太子，夺占陈国。不久，他被蔡国人所杀，应验了泄驾的预言。

在公开的场合，一般人都懂得掩饰自己，所以看人要从小地方注意。泄驾深谙这个道理，所以能预见陈佗的灾祸。吕祖谦说："观人之术，在隐不在显，在晦不在明。"就是在称许泄驾这样的人。

历久弥新说名句

据说《辨奸论》这篇文章是苏东坡的父亲苏洵所写的，内容主要在批评王安石的险恶。

文中先举晋朝的王衍为例，说明由小可以见大。竹林七贤之一的山涛见到从小口才流利的王衍时，忍不住称赞他是"宁馨儿"，意指表现杰出的小孩子。不过，他接着又说："将来祸害天下苍生的，恐怕也是这个小孩吧！"王衍长大后，颇受重用，但他只顾着清谈，不理国事。后来西晋灭亡，许多人认为王衍"清谈误国"也是原因之一。

《辨奸论》又举卢杞为例，说明由表可以见里。郭子仪请卢杞到家里吃饭时，都会让家中姬侍回避，以免她们取笑卢杞的丑陋，使心胸狭窄的卢杞记恨而生祸端。

这篇文章引前人的例子，指出王安石既有王衍的口才，又有卢杞的阴狠，险恶更甚于前述两人。论述在情在理，颇具说服力。不过，证诸历史，王安石的变法虽然失败，但他绝对不是险恶的小人。俗语说："以貌取人，失之子羽；以言取人，失之宰予。"讲的是圣人也有看走眼的时候。看人固然要从不被注意的小地方看起，但是在小地方看到的，不见得就能看到全部的真相。这又是识人时必须谨慎的地方。

凡人之情，为恶于人之所不见，为善于人之所见

名句的诞生

凡人之情，为恶于人之所不见，为善于人之所见，欲以欺世而售其奸[1]。胡不反观一身，以近取譬[2]乎？肝受病则目不能视，肾受病则耳不能听，脾受病则口不能食，心受病则舌不能言。肝也、肾也、脾也、心也在内，而人所不见者也；目也、耳也、口也、舌也在外，而人所见者也。

——卷二·《陈五父如郑莅盟歃如忘》

完全读懂名句

1. 售其奸：使奸计得逞。

2. 以近取譬：从身边的事物印证道理。

语译：一般人的想法是在别人看不到的地方做坏事，而在别人都看到的地方做好事，想借此欺骗世人，使奸计得逞。为什么不回头看看自己的身体，从身边的事物去印证事理呢？肝脏有了毛病，眼睛就看不到；肾脏有了毛病，耳朵就听不见；脾脏有了毛病，嘴巴就吃不了东西；心脏有了毛病，舌头就说不出话。肝脏、肾脏、脾脏、心脏都在身体里面，是别人看不到的；眼睛、耳朵、嘴巴、舌头都在身体的外面，是别人都可以看到的。

名句的故事

《左传》记载了许多在盟会中失礼

的事件，例如陈佗在应该慎重的"歃血"仪式时心不在焉；晋惠公在接受周天子的玉圭时举止轻佻；曹国太子在鲁国的国宴上叹气；鲁国大夫叔孙婼在为季孙氏迎娶宋元公的女儿时，和宋元公相对哭泣。吕祖谦认为："凡人之情，为恶于人之所不见，为善于人之所见。"盟会是"人之所见"的公开场合，本该特意表现出自己最好的一面，不过，若是心中没有诚意，就是刻意伪装，迟早会被看出破绽。

宋代的吕惠卿是帮助王安石变法的重要人物之一。才华横溢的他不仅深受王安石的信任，就连欧阳修也曾对他赞誉有加。不过，司马光很早就察觉到吕惠卿的心术不正，而向宋神宗及王安石提出警告。他写了一封信给王安石（字介甫），说他"一旦失势，必有卖介甫以自售者矣"，暗批吕惠卿不过是个"谄谀之士"而已。

后来，王安石被免除了宰相之职。吕惠卿暗中唆使同党攻击王安石，甚至还把王安石所写的私人信件拿给宋神宗看，挑拨他们君臣的感情。司马光能事先预料到吕惠卿的做法，正是深知"为恶于人之所不见，为善于人之所见"的道理，所以能够看穿吕惠卿的真面目。

历久弥新说名句

公元二〇〇八年，法国总统萨科齐首度访问沙特阿拉伯。在前往沙特阿拉伯前，萨科齐原本打算带着未婚妻卡拉·布鲁妮一同前往，但沙国是排斥未婚男女同居的伊斯兰教国家，后来打消了这个想法。即使如此，沙特阿拉伯已经对他感到厌恶。

到了沙特阿拉伯后，萨科齐嫌弃当地传统食物而不肯吃，又在欢迎他的剑舞表演中露出无聊的神情。在那次外交访问中，萨科齐只顾着为法国争取商机，却未能充分尊重沙国的文化，这些行为不仅使得法国和沙特阿拉伯两国间产生了嫌隙，也使法国的形象受损。

《大学》说："诚于中，形于外。"意指内心的想法会表现到外在的行为上。身为一国之君，在重大的外交场合上，通常会刻意表现出自己最好的一面，却也会因诚意不足而露出马脚，又何况是一般人呢？

名句的诞生

隐公降大国之尊，而屈于小国之卑。其始虽若弱，然以片言而平二国之争，强孰大焉？故致强之道始于弱，致弱之道始于强。非忘强弱者，孰能真知强弱之辨哉？

——卷三·《滕薛争长》

完全读懂名句

语译：鲁隐公放下大国的尊贵身份，屈居小国的卑微地位。刚开始时虽然看起来像是弱小的表现，然而可以用几句话就弭平两国的纷争，还有谁能比这样更强大呢？因此要达到强大的方法，先从谦卑开始；而导致衰弱的结果，往往是从自大逞强开始。若非不在意强大弱小的人，谁又能真的知道强大弱小的差别呢？

名句的故事

鲁隐公十一年时，滕国和薛国的国君到了鲁国。按照当时的礼制，滕国和鲁国同属姬姓，应该先行礼，可是薛国国君不以为然。他认为薛国虽然姓任，可是却比滕国还早受封，所以应该先行礼。

对于这件事，吕祖谦认为，薛国

致强之道始于弱，致弱之道始于强

虽然理屈，但是鲁隐公如果据理直言的话，恐怕会造成两国的冲突，所以他认同鲁隐公的做法。鲁隐公的做法是，派大臣羽父向薛国说："鲁国如果到了薛国，也不敢和其他任姓的诸侯争先，所以还是请薛国先让滕国行礼吧！"鲁国是大国，自然不可能屈驾到薛国，可是鲁国这么说，给足了薛国面子，薛国国君自然心甘情愿地退让了。鲁国的谦抑平息了两国可能的纷争，所以吕祖谦说："致强之道始于弱。"

国力虽强而自请退让，宋朝也有这种情形。宋真宗时，辽国入侵。宋真宗御驾亲征，遏阻辽国的攻势。在居于优势的情形下，宋真宗却和辽国订立"澶渊之盟"，答应每年送大量金钱给辽国以换取和平。此后一百多年，两国都未再交战。虽然后世大多认为"澶渊之盟"是屈辱的不平等条约，但对于能暂时获得和平的宋朝臣民，或许有另一番看法吧！

历久弥新说名句

三国时名相诸葛亮一生精明，却错用马谡，导致后来伐魏之战，屡次受挫。

马谡自小很有才华，他的兄长也都是才能杰出的人，兄弟五人被称为"马氏五常"。在马氏兄弟中，以马良最为杰出，但不幸战死。诸葛亮因为欣赏马良的才能，所以常把他的弟弟马谡带在身边。攻打南蛮孟获时，马谡就跟在诸葛亮的身边。好几回要对孟获用计的时候，诸葛亮都故意不说破，要问马谡的意见。由于马谡的意见往往和诸葛亮相同，诸葛亮因此认定马谡的才能不在他的兄长马良之下。

攻打魏国时，有一处险要的地方，名为街亭。诸葛亮有心培植马谡，让他去防守街亭。为了以防万一，他不但清楚交代防守的战略，还派了行事稳重的王平跟在马谡的身边。诸葛亮怎么也没想到，马谡居然违背了他的命令，自作主张，结果打了一场大败仗。

当诸葛亮处斩马谡时，不禁想起刘备所说的："马谡言过其实，不可大用。"于是悲从中来，不禁放声大哭。就马谡从前的表现来看，他并不是一个平庸无能的人，错在有心争强，想刻意表现自己，才会导致后来的失败。吕祖谦说："致弱之道始于强。"这样的道理除了可以形容马谡，也可以作为现代人的借镜。

共患易，共利难

名句的诞生

共患[1]易，共利难。患者人之所同畏也，利者人之所同欲也。同有畏心，其势[2]必合；同有欲心，其势必争。

——卷三·《齐鲁郑入许》

完全读懂名句

1. 患：患难。

2. 势：情势。

语译：共处患难是件容易的事，共享利益是件困难的事。患难是众人所同感畏惧的，利益是众人所共同追求的。同感畏惧，在情势上就会合作；共同追求，在情势上就会争斗。

名句的故事

公元前七一二年，郑国和鲁国、齐国一起攻打许国。许庄公逃往卫国。战后，齐僖公建议把许国交给鲁国治理。鲁隐公说："贵国说许国国君不守礼制，敝国才跟着贵国前来攻打许国。许国既然已经知罪，就算贵国命令敝国占领许国，敝国仍然不敢从命。不如把许国让给功劳最大的郑国吧！"

郑庄公说："许国国君有罪，这才

借寡人的手惩处许国。寡人连自己的弟弟姬段都不能好好照顾，让他在各地流亡，又怎么有能力永久治理许国呢？"于是他把许庄公的弟弟许桓公安顿在许国东部，并派遣大夫公孙获防守许国的边境。

郑国打败了许国，却没有消灭它，加上他能够衡量自己的道德和能力做事，所以《左传》评论郑庄公是位"知礼"的国君。《东莱博议》则认为，不仅郑庄公值得赞美，齐国和鲁国也同样值得称许，因为"共患易，共利难"，三个国家都能互相推让，确实是很难得的。

自古以来，开国功臣往往因为功高震主而没有好下场。由此可知，"共患易，共利难"这句话确实很有道理。宋太祖赵匡胤在酒宴上和平解除了开国功臣石守信等人的兵权，让他们都能够安享晚年，这次事件被称为"杯酒释兵权"。比起那些滥杀功臣的君主如越王勾践、汉高祖刘邦、明太祖朱元璋等，赵匡胤算是仁慈得多了。

历久弥新说名句

美国小说家马克·吐温说："每个人都和月亮一样，有着不被外人所看见的阴暗面。"为了对抗祸患而合作，所以"共患易"，一旦祸患解除了，往往就重新回到"各扫门前雪"的自私心态。共患难时的情义也就烟消云散了。

赵匡胤没有杀石守信等功臣，反而赏赐给他们许多金银财宝。这种做法固然难得，但并不代表赵匡胤能从此放心，更不代表石守信平安无事。

有一回，赵匡胤和石守信一起喝酒，提到自己身边缺一个文笔好的人，石守信就推荐朋友之子梁周翰给赵匡胤。赵匡胤欣然同意了。当石守信告知这个好消息给梁周翰，梁周翰立刻写了一封感谢函给赵匡胤。没想到，赵匡胤看到信之后，不但取消了派令，还把梁周翰外放他处。

石守信知道此事，心里十分害怕，因为赵匡胤摆明故意给自己难看。为了保命，他学汉初开国功臣萧何的做法——搜刮财富以激起民怨。既然受到众人厌弃，就代表他已无力和赵匡胤争取天下了。石守信以这种方法得到皇帝的包容，才得以善终。

名句的诞生

劳者贱之常[1]，困者贫之常，辱者难之常。彼其所以冒[2]祸患者，特[3]不能处其常而已。自处于劳，则在贱而安矣；自处于困，则在贫而安矣；自处于辱，则在难而安矣。

——卷三·《息侯伐郑》

完全读懂名句

1. 常：常态，指一般的情况。

2. 冒：招致。

3. 特：只。

语译：劳苦是地位低下的常态，困窘是家境贫穷的常态，受辱是落难受苦的常态。这些人为什么会招来更大的灾祸，只是因为不能安处于那样的常态。自己能够安处在劳苦的情况下，那么就算地位低下也能安然自得；自己能够安处在困窘的情况下，那么就算家境贫穷也能安然自得；自己能够安处在受辱的情况下，那么就算落难受苦也能安然自得。

名句的故事

公元前七一二年，息国和郑国发生了言语冲突。息侯一怒之下，领兵攻打郑国，却大败而回。《左传》评论息国有五大罪过："不度德，不量力，

劳者贱之常，困者贫之常，辱者难之常

不亲亲，不征辞，不察有罪。"息侯的道德不及郑庄公，这是
"不度德"；息国的兵力不及郑国，这是"不量力"；息国和郑
国同姓而交战，这是"不亲亲"；言语上有冲突，却不在言语
上辩明是非曲直，这是"不征辞"；犯了这些罪过却不知反省，
这是"不察有罪"。

《东莱博议》说："劳者贱之常，困者贫之常，辱者难之常。"
并指出"处常"才能"安"的道理。证诸历史，五代十国的吴
越，国力不强，但始终秉持"事大"的外交原则，先后臣服于
后梁、后唐、后周等。宋太祖即位后，吴越不仅协助宋太祖平
定南唐，还主动献地请降，免去一场刀兵之灾。吴越王归降后，
不仅受到宋朝的礼遇，子孙长保富贵，跟随吴越王到宋朝都城
的族人都依他们的意愿被任命为高官，吴越王的儿子钱惟演还
娶了公主，成为皇亲国戚。

经过数百年，吴越王的后裔钱克邦犯了法，罪当问斩。钱
克邦的儿子拿着后唐赐给吴越王的免死金牌向明太祖朱元璋求
情，竟然得到了赦免。统治吴越的钱氏家族，确实是"处其常"
的最佳代表。

历久弥新说名句

说到"处其常"，庄子绝对是一个代表人物。他曾因事求
见魏王。魏王见到穿着破衣破鞋的庄子，忍不住嘲笑他说："您
为什么这么狼狈呢？"庄子满不在意地说："我只是贫穷而已，
不是狼狈。读书人不守道德，才是狼狈，穿着破衣破鞋，就只
是贫穷而已。大王知道猿猴的事情吗？它如果住在树林里，就
连后羿、逢蒙这样的神射手，也奈何不了它。然而，它如果困

在荆棘丛里，就会浑身发抖，吓得不知道怎么办才好。现在时局混乱，狼狈的人多得是，我比他们好得太多了。"

子路穿着破衣，站在身穿貂皮大衣的权贵身旁，仍泰然自若。颜回家境贫穷，却能乐在其中。在许多人眼中，庄子和子路、颜回的表现都很难得。他们不以富贵为荣，自然也不以贫贱为耻。吕祖谦说："辱者难之常。"莎士比亚也说："人能够安于贫穷，就等于是富贵的人。"就是指庄子和子路这类人吧！

大恩与大怨为邻，大名与大辱为朋

名句的诞生

大恩与大怨为邻，大名与大辱为朋。隐公之于桓公，恩可谓大矣，少有不尽，遂变而为大怨；隐公之逊鲁国，名可谓大矣，少有不尽，遂变而为大辱。

——卷三·《羽父弑隐公》

完全读懂名句

语译：最大的恩惠和最大的怨恨相差不远，最大的美名和最大的屈辱往往一线之隔。鲁隐公对于鲁桓公，恩惠可以说是很大了，可是有一点点没做到的地方，就会变成极大的怨恨；鲁隐公让出鲁国国君的地位，名声可以说是很大了，可是有一点点没做到的地方，就会变成极大的屈辱。

名句的故事

鲁惠公临终前把鲁国交给鲁隐公统治。鲁隐公知道这是因为当时太子姬允的年纪太小，自己才能得到现在的地位。他打算把国君的地位让给他，于是一心等着姬允长大。

鲁隐公即位十一年后，公子翚，也就是羽父，对鲁隐公说："我可以替你杀了姬允，这样你就不用担心他将来会来和你争夺鲁国了。事成之后，请封我为宰相吧！"鲁隐公说："怎么可以呢？先父把鲁国交给我，只是因为太子的年纪太小，不足以承担治理鲁国的责任。我现在只是暂时代管鲁国而已，等到太子长大，我就会把鲁国还给他，然后自己找个地方安享晚年。"

羽父被鲁隐公拒绝后，害怕姬允即位后会因这件事而对自己下手，于是恶人先告状，在姬允面前说鲁隐公的坏话，并合谋刺杀鲁隐公。鲁隐公死后，姬允即位为鲁桓公。

鲁隐公本想让位，却反而被杀，有人认为这证明了好人没好报的道理。吕祖谦则认为"大恩与大怨为邻"，鲁隐公没有替鲁桓公除掉祸害羽父，等于好事只做一半，"大恩"因此变为"大怨"，并进一步指出，做正确的事可以获得好名声，但是做得不彻底，反而会招来骂名，所以他说："大名与大辱为朋。"后人看到鲁隐公的下场，应该要引以为戒，做好事就要做到底，不然会比不做好事还糟糕。

历久弥新说名句

俗语说："帮人帮到底，送佛送到西。"有人认为，帮助人就是做好事，就算没能帮到底，也还是好事。实则不然。试想，搀扶盲人过马路是做好事吧？然而，如果走到马路中间就抛下盲人，让他在大马路上进退不得，那是助人还是害人？

魏晋时，华歆和王朗一起搭船逃难。开船前有一个人跑来求助，希望能跟着他们一起逃亡。华歆露出为难的神情，迟迟不肯答应。王朗说："船上还有位置，有什么不行的呢？"王朗都这么说了，华歆只得勉强答应。船开到一半，敌军驾着船追来了。华歆和王朗的船因为多载了一个人，所以走得比较慢。王朗看情形不对，就想把后来那个人推下船。华歆阻止了他，说："我先前担心的就是这种情形。现在既然答应帮助他，怎么可以在最危急的时候丢下他呢？"

　　如果那个求助的人一开始就被华歆拒绝，那么他还能向别人求助。如果他在河中央被王朗推下，那可真是死得冤枉了。

名句的诞生

君子言分[1]必及理，言理必及分。分不独立，理不虚行。得则俱得，失则俱失，岂有既犯分而不犯理者乎？

——卷四·《王师伐虢》

完全读懂名句

1. 分：名分。

语译：君子谈名分就一定会谈到道理，讲道理就一定会顾及名分。名分的存在并不能单独成立，道理的实行也不是无所依傍的。要不就是两项都做到，不然就是两项都没有做到，怎么可能只违反了名分，却没有违背道理呢？

名句的故事

叶公曾对孔子说："我们这里有个人，向官府告发了他父亲偷羊的罪行。大家都称赞他是个正直的人。"孔子不以为然，因为即使父亲犯了罪，儿子也不该把父亲的恩情丢在脑后，告发对方。

周桓王十八年，虢公林父向周桓王说他的大臣詹父的坏话。听完了詹父的辩解，周桓王反而帮着詹父去攻打虢国。虢公林父只好逃往虞国。吕祖

君子言分必及理，言理必及分。分不独立，理不虚行

谦认为这两件事在本质上是一样的。无论是告发父亲的儿子，或是攻打国君的大臣，他们没有顾及名分，就是理亏，根本不用问他们所持的理由是什么。他说："君子言分必及理，言理必及分。分不独立，理不虚行。"名分和道理是一体的，不能分别讨论。

古人认为："君要臣死，臣不得不死；父要子亡，子不能不亡。"晋国太子申生被骊姬诬陷，说他想要毒死父亲晋献公。申生明明可以为自己的冤屈辩白，他却选择了自杀身亡，以免违逆了父亲的意思。

宋高宗绍兴十年，抗金名将岳飞被十二道金牌召回，先前战果功亏一篑，次年，岳飞被"莫须有"的罪名诬陷而死。当他接到十二道金牌时，何尝不知道可能的结果呢？但他仍不愿抗命。岳飞死的时候，吕祖谦才五岁而已。不知吕祖谦长大后又是如何评论岳飞的"不得不死"呢？

历久弥新说名句

孟子评论武王伐纣的事情说："闻诛一夫纣矣，未闻弑君也。"意指暴虐的纣王罪该万死，周武王并不是以下犯上。《春秋》不以"弑"字记载无道君主被杀，这是因为孔子认为，残暴的国君根本就不能算是真正的国君。国君之所以为国君，不只是因为权位，更是因为他的作为。同理，父母之所以为父母，不只是因为血缘，也是因为他们的爱心。

无论是怀胎十月，或是出生后的呵护照顾，即使未能尽善尽美，父母对子女的恩情都是他人所难以企及的。然而现今虐童案件层出不穷，许多人因此质疑"天下无不是的父母"这句话，因为那些施暴的父母根本就没资格当别人的父母。

正所谓"君子言分必及理，言理必及分"，既然不懂得身为父母的天职，就没资格承担当父母的名分。在法律上，家暴案件一旦发生，社会局人员就会将受虐的孩童委托寄养家庭照顾，而不承认亲生父母的监护权，就是基于这个道理。

盖先遇其易，则以易为常，是祸之原也；先遇其难，则以难为常，是福之基也

名句的诞生

由天子至于庶人，免于师傅之严，而骤欲独行其志，遇事之易者，未足喜，遇事之难者，未足忧。盖先遇其易，则以易为常，是祸之原也；先遇其难，则以难为常，是福之基也。

——卷四·《楚屈瑕败蒲骚》

完全读懂名句

语译：从天子到百姓，若是想要逃避师长的严格督导，急着照自己的想法做事，一旦碰到容易处理的情况，并不值得高兴；遇到难以处理的情况，也不值得担心。因为先碰到容易处理的情况，就会把容易处理的情况当成常态，那就会是灾祸的根源；先遇到难以处理的情况，就会把难以处理的情况当成常态，那才会是幸福的基础。

名句的故事

屈瑕是楚武王的儿子，他在鲁桓公十一年奉命和贰国、轸国结盟，却遇到郧国的挑战。他因为听从了斗廉的建议，所以在蒲骚这个地方打败了敌军。第二年，屈瑕跟着楚军攻打绞国。屈瑕说："绞国人没有什么谋略。不妨派一些人，卸下武装，伪装成砍

柴的樵夫，把敌人引诱到山里。这时我军再加以伏击，必然大胜。"楚王依计行事，果然打败了绞国。

鲁桓公十三年，楚国准备攻打罗国。由于屈瑕接连打败了郧国、绞国，所以就由他领兵出征。出征前，大夫斗伯比看到屈瑕摆出一副趾高气昂的样子，非常担心，因而委婉请楚王督促楚军并且告诫屈瑕。然而，楚王并未及时领悟，以致屈瑕因兵败而自杀。

魏晋南北朝时，前秦苻坚因为重用王猛而使得国势强大。王猛刚过世时，苻坚表现得极为谨慎，后来打了几场胜仗，就骄傲了起来。骄傲的苻坚不听王猛生前的建议，领兵攻打东晋，导致日后"淝水之战"的惨败。

对于这些史事，吕祖谦认为，屈瑕和苻坚是因为一开始做事就太顺利，才会把事情都看得太简单，等到吃亏的时候，已经来不及了，由此推论"先遇其易，则以易为常，是祸之原"的道理。

历久弥新说名句

北宋文学家王安石曾写过一篇《伤仲永》，叙述神童方仲永的故事。方仲永在未经学习的情形下，五岁就能写诗，他的父亲因此带着方仲永到处表演。在缺少学习的情形下，方仲永日渐退步，最后成为平凡的人。

王安石以为整件事的责任在于方仲永的父亲短视近利，没有让他好好学习。然而，就算方仲永的父亲真的让他学诗，对他而言，写诗是如此容易的事，他会认真学习吗？如果不能认真学习，又怎么会有成就？

清代诗人袁枚曾经写过一首《箴作诗者》，诗中有两句说得好："须知极乐神仙境，修炼多从苦处来。"强调苦学的必要性。经过刻苦的学习，才会认真看待学习这件事，也才能从成就中得到学习的快乐。

今人一味强调"快乐学习"，殊不知，学习本来就不是一件容易的事，如何快乐？一味减轻学习的压力，只是让他们学得越来越少，越来越轻视学习这件事。等到这些"以易为常"的学生进入社会，碰到真正的难题，而不遭受挫折的，恐怕是很少了吧！

名句的诞生

和气致祥，乖气致异[1]，二气之相应，犹桴鼓[2]也。物之祥不如人之祥，故国家以圣贤之出为佳祥，而景星[3]、矞云[4]、神爵[5]、甘露[6]之祥次之；物之异不如人之异，故国家以邪佞[7]之出为大异，而彗孛[8]飞流、龟孽[9]、牛祸[10]之异次之。

——卷五·《盗杀伏寿》

完全读懂名句

1. 乖气致异：暴戾的气会带来灾祸。乖，暴戾、违反正道。异，灾异、祸害。

2. 桴鼓：鼓槌。鼓槌和鼓，比喻关系密切，互相配合呼应。

3. 景星：星名，象征吉祥。

4. 矞云：外赤内青的彩云，象征吉祥。

5. 神爵：即神雀，一种象征吉祥的鸟，有人说是凤凰。

6. 甘露：甘美的雨水，象征吉祥。

7. 邪佞：行为不正、喜欢说人坏话的小人。

8. 彗孛：彗星，俗称扫把星，是灾祸的象征。

9. 龟孽：灾祸的一种，指发生水灾而使得乌龟繁殖泛滥。

10. 牛祸：灾祸的一种，指牛只大量死亡。

语译：和善的气氛会带来吉祥，暴戾的气氛

会带来灾祸，这两种气氛带来不同的结果，就像是鼓槌击打鼓面理应会发出声响一般。事物的吉祥不如人才的吉祥，所以国家出现圣人贤臣是最大的吉祥，而景星、彩云、神鸟、甘露等吉祥物就是次要的了；事物带来的灾祸不如小人带来的灾祸，所以国家出现奸臣小人是最大的灾祸，而彗星划过天际、乌龟大量繁殖、牛只成群死亡等灾祸是次要的。

名句的故事

据国外的心理学家研究，家庭暴力由上一代传到下一代的比例高达百分之三十。国内的研究也显示，在家庭暴力中长大的孩童，成为施暴者的机率，是其他人的五倍以上。距今大约一千年前的吕祖谦很早就发现这种情形，于是他说："和气致祥，乖气致异。"不过，他同时也发现例外的情形。

卫宣公姬晋和他的庶母夷姜私通，生下姬伋。姬伋长大后，卫宣公替他安排了一门亲事，却在发现准媳妇宣姜的美貌时，强占了她，生下了姬寿和姬朔。宣姜想让自己的儿子继位，就在卫宣公面前说姬伋的坏话。卫宣公因此派姬伋到齐国，并且暗中派人伪装成盗匪，要杀害姬伋。姬寿知道了这件事，立刻前去告诉姬伋，要他赶快逃走。由于姬伋宁死也不愿逃走，姬寿只好灌醉哥哥姬伋，自己代替哥哥当替死鬼。姬伋赶上时，姬寿已经被杀。姬伋难过地说："你们要杀的是我啊！他是无辜的。"于是姬伋也接着被杀害。日后，因为两人的遇害，导致卫国臣民不满，引发了一场政治斗争。

卫宣公先私通自己的庶母而生下姬伋，又强占自己的媳妇而生下姬寿。在这种难堪情形下出生的两人，却是兄友弟恭的孝子。吕祖谦认为，这代表着天理无处不在。因为卫宣公不能改邪归正，所以贤人的出现反而造成了卫国的灾难。

历久弥新说名句

古罗马诗人贺拉斯说："父母的美德就是子女的财富。"这话一点儿也没错。历代相较之下，明朝昏庸残暴的君主似乎显得特别多。若由家庭教育的角度来看，似乎也可以解释这种情形。

明太祖朱元璋时期，实行了"殉葬"制度，即皇帝死后，嫔妃宫女要吊死陪葬。这样的做法原本在中原已经消失很久，但是在元朝异族入侵时，又恢复了这样的制度。朱元璋死的时候就让四十几名宫女陪葬，明成祖死的时候也有三十名宫女陪葬。后来的明仁宗、明宣宗等，都让宫女陪葬。陪葬的做法甚至影响到贵族及民间。

陪葬制度的象征意义是——有权力者足以掌握他人的生死。清代的黄宗羲曾经写过一篇《原君》，主要就是在抨击皇帝以天下为私产的观念。既然全天下都是自己的财产，他人的生死又算得了什么呢？

明成祖的爱妃韩氏在被吊死前，向明成祖的儿子明仁宗求情。明仁宗表面上答应了她，却还是食言了。试想如果皇帝连宠爱的嫔妃及身边的宫女的性命都如此轻取，更何况是百姓呢？

残忍的思想一代传一代。明代的皇帝因为太不把人命当作一回事，终于激起民怨，也加速明朝的覆亡。

暴力是会遗传给下一代的。即使有例外，仍是少数，人们不可以不正视暴力的影响。

天下同知畏有形之寇，而不知畏无形之寇

名句的诞生

天下同知畏有形之寇[1]，而不知畏无形之寇。兵革者，有形之寇也。寇环[2]吾城，人之登陴[3]者，冒风雨，犯雪霜，穷昼夜，亲矢石而不敢辞者，岂非一失此城则立为齑粉[4]乎？

——卷五·《桓公与文姜如齐》

完全读懂名句

1. 寇：敌人。

2. 环：包围。

3. 陴：城墙，音"pī"。

4. 齑粉：原指齑菜末，此指粉身碎骨。齑，音"jī"，捣碎的姜、蒜、韭菜等。

语译：天下的人都知道畏惧有形的敌人，却不知道畏惧无形的敌人。拿着武器，穿着盔甲的，是有形的敌人。敌人包围了我们的城池，人们会爬上城墙，顶着风雨，冒着霜雪，从早到晚都亲自拿着弓箭、石头而不敢推辞。难道不是因为一旦丢失了这座城，就会马上粉身碎骨吗？

名句的故事

根据周朝的礼法，国君夫人的父母过世后，就不能再回娘家，只需派大夫去问侯夫人的兄弟即可。

鲁桓公娶了齐僖公的女儿文姜为夫人。齐僖公死后，文姜的哥哥姜诸儿即位，就是齐襄公。鲁桓公前往道贺，文姜原本打算一同前去探望她的兄弟，后来没有成行。过了几年，文姜要求鲁桓公带她回齐国的娘家。鲁桓公说："你的父母都已经过世了，回家做什么呢？"虽然如此，文姜仍然坚持回去。鲁桓公拗不过她，只好答应了。大夫申缟知道此事，就极力劝阻，但鲁桓公不听。

文姜跟着鲁桓公到齐国后，竟然假借问候兄弟的理由，进了齐国宫殿，并和齐襄公通奸。原来早在文姜出嫁前，两人就已经逾越了兄妹之情而发生了不伦的关系。鲁桓公知道了这件事，十分生气，痛骂文姜一顿，打算就此返回鲁国。齐襄公摆宴为他们饯行，文姜拒绝一同赴宴，于是鲁桓公单独赴宴。

齐襄公灌醉鲁桓公以后，派大力士彭生送他回去。彭生依照齐襄公私下的吩咐，在扶鲁桓公上车时施了暗力，使醉酒的鲁桓公肋骨全断，死在车上。

鲁桓公不理会当时的礼法，终于招来杀身之祸，所以吕祖谦感慨地说："天下同知畏有形之寇，而不知畏无形寇。"强调礼法是防御欲望的最佳武器，不可轻忽。

历久弥新说名句

亚里士多德说："克制自己的欲望比征服敌人更勇敢，因为征服自己是最困难的。"

东夷一直是商朝的劲敌。纣王训练了许多大象投入战场，组成象阵，终于顺利打败东夷。大象虽然为战胜东夷一事立下大功，却也间接导致商朝的灭亡。事情从一双精美的象牙筷说起：纣王使用象牙筷不久，就觉得碗盘不够精美，于是改用犀角、玉石等珍贵的材质制造碗盘。上等的碗盘当然要装佳肴。当他开始讲究食物以后，也开始讲究衣着。享受得越多，纣王的欲望也越大。在无止无休的搜刮下，人民苦不堪言，于是人心纷纷倒向周朝，终于导致商朝的灭亡。

周朝以纣王为借镜，订下繁复的礼法，以克制人们无穷无尽的欲望。礼法除了克制欲望的作用，更有预防弊端的作用。鲁桓公不明白这一点，轻忽礼法的重要性，最后因为妻子的出轨行为而丧命在别国。

名句的诞生

气听命于心者，圣贤也；心听命于气者，众人也。凡气之在人，逸[1]则肆，劳则怠[2]，乐则骄，忧则慑，生则盈，死则涸[3]。

——卷五·《楚武王心荡》

完全读懂名句

1.逸：安逸。

2.怠：松懈。

3.涸：枯干。

语译：能够让"气"顺从于"心"的引导，就是圣人贤人；让"心"服从于"气"的牵引，那就只是一般人而已。通常气在人的体内，安逸时就会充斥，疲劳就会松懈，快乐就会张狂，忧愁就会阻塞，活着的时侯就会丰盈，死了以后就会耗竭干枯。

名句的故事

"气"是什么？对于不了解"气"的人，似乎深奥难解；对于了解"气"的人，却有着如此具体的感觉。自从孟子说"吾善养吾浩然之气"，强调正直的心可以培养出大无畏的心性气魄后，儒家的道德理论便与"气"的概念相结合，丰富了彼此的内涵。

气听命于心者，圣贤也；心听命于气者，众人也鲁庄公四年，也就是公元前六九〇年，楚武王出兵攻打弱小的随国。这本来是一场必胜的战争，但是在战前发放武器的仪式时，楚武王竟然觉得心跳异常加速。他觉得很不安，回宫后就告诉夫人邓曼。邓曼说："这代表大王您的福分用尽了，所以先王才用这种方式示警。这次作战，只求楚国军队不会大败，或是您在半途驾崩，就已经是国家之福了！"后来，楚武王果然死在讨伐随国的途中。

邓曼用鬼神的观念解释楚王心跳加速的原因，吕祖谦则用"气"的观念解释楚王心跳加速的原因。他认为"气听命于心者"是圣贤，"心听命于气者"是平常人。楚王从前作战能够毫无畏惧，靠的是方刚的血气，临死前血气既衰，自然因畏惧而感到心跳加速，这是因为他不过是"心听命于气者"的平常人而已。

历久弥新说名句

"气"的概念在古老的中国一直扮演着重要的角色。它可以是宇宙生成的关键，可以指物质的基本组成，也可以指自然的变化。哲学家讲"气"，文学家讲"气"，中医界讲"气"，甚至武术界也讲"气"。

近代武术大师刘云樵先生说："佛家调气以悟空，道家练气以归真，儒家养气以为圣，此皆静之功效也。"就修德而言，"静"则能省察自身，开发自身的良知；就做事来说，"静"则能顺应自然，做出最佳的判断；就养身而论，"静"可以使身心调和，从而减少疾病的发生机率。现代医学已证明心平气和的人不易罹患心血管疾病，其实何止于此！"静"可以说是一切修养练气的基础。

　　南宋末年的文天祥，因为不肯投降元朝而被囚禁在北方的牢狱中。他的同伴大多因无法忍受狱中的艰困环境而死，他却始终处之泰然，从容写下《正气歌》表明心志。文中说明自己被关在有七种恶气的监牢里，然而自己因为胸怀正气而能始终无恙，正因为他坚守爱国的情操，才能心平气静而不畏恶劣的环境。

　　吕祖谦说："气听命于心者，圣贤也。"文天祥直到被绑赴刑场时，仍能从容不迫，足以证明他已经达到"气听命于心"的境界。

君子作事谋始

名句的诞生

庄公之是役，争也失，不争亦失，失在于通齐之始耳。一失其始，进退上下何往而非罪哉？故曰："君子作事谋始。"

——卷五·《鲁庄公围郕》

完全读懂名句

语译：鲁庄公在这场战役中，要争夺郕地是错的，不争夺郕地也是错的，这是因为从一开始和齐国合谋就是错误的。一开始就做错了，以后无论是进是退，是上是下，哪有不被怪罪的道理？所以《易经》说："君子一开始做事时就要谨慎地筹划。"

名句的故事

《易经·讼卦》说："天与水违行，讼。君子以作事谋始。"天体的运行由东向西，河川的流动却是由西向东。水流的方向确定后，无论流得多快，终究不能和天体的运行相契合。行事的道理亦是，如果一开始设定的目标错误，无论后来怎么做，都不是正确的事。

公元前六九四年，齐襄公与鲁桓公的夫人文姜通奸并且暗杀了鲁桓公。

鲁国虽知是齐国下的毒手，却苦无证据，又畏惧齐国强大，不敢为鲁桓公复仇。鲁桓公之子鲁庄公即位后八年，鲁国和齐国结盟，一起攻打郕国。郕国投降后，向齐国请降，于是齐国独占所有战果。鲁国大夫仲庆父建议攻打齐国军队，以讨回公道。鲁庄公说："不可以。郕国向齐国投降而不向我国投降，这是因为我本身的道德不足，怎么能怪罪齐国呢？"因此退兵了。

《左传》评论这件事时，认为鲁庄公懂得自我反省，因而加以称赞。然而吕祖谦认为，齐国杀害鲁庄公的父亲，鲁庄公不但不为父亲报仇，反而和齐国结盟，所以争不争郕国都是错的。杀父之仇，不共戴天，齐国虽然强大，鲁国虽然弱小，但是鲁国仍应全力复仇。然而，鲁国不但不复仇，反而和仇人结盟，就是错误的开始。一开始就错了，怎么做都不会正确，所以吕祖谦说："一失其始，进退上下何往而非罪哉？"并引用《易经》的"君子作事谋始"来证明自己的论点。

历久弥新说名句

公元一一二七年，金兵南下，掳走宋朝的宋徽宗和宋钦宗，史称"靖康之耻"。同年五月，宋徽宗的儿子赵构即位，即宋高宗。宋高宗原本有心收复河山，因此任命李纲为宰相，和金兵对抗。不久，他因为害怕金兵的强盛，于是罢免李纲，逃往南方。

逃到南方的赵构，定都于临安，也就是现在的杭州，从此偏安在江南一隅，一味求和，不再有北伐中原、拯救父兄的打算。当时虽然有韩世忠、岳飞等大将，足以和金兵抗衡，但是赵构却枉杀岳飞，签订绍兴和议。和议中，高宗不顾念父兄之仇，不但向金国称臣，还割让大量土地，甚至定期向金国进贡大量的金钱布帛，以换取短暂和平。南宋的臣民并不因此认同宋高宗的做法，因为他们认为，和平虽可贵的，但是向敌人低头而得到的和平却是可耻的。为了正义，宁可抗争到底。主战派的吕祖谦就是抱持这种想法。

孔子说："见义不为，无勇也。"坐视恶人为恶，固然可以避免卷入纷争，但这种做法却助长了恶人的气焰，无异就是帮凶。"君子作事谋始"，意指做人做事应该了解什么事应该放在第一位。为人处事应把正义放在第一位，少了正义这个前提，纷争是罪恶，和平也是罪恶。

名句的诞生

怪生于罕，而止于习。赫然[1]当空者，世谓之日；粲然[2]徧空者，世谓之星；油然[3]布空者，世谓之云；隐然[4]在空者，世谓之雷；突然[5]倚空者，世谓之山；渺然[6]际空者，世谓之海。如是者，使人未尝识而骤见之，岂不大可怪耶？

——卷六·《齐侯见冢》

完全读懂名句

1. 赫然：光明的样子。

2. 粲然：清楚的样子。

3. 油然：充满的样子。

4. 隐然：潜藏的样子。

5. 突然：高耸的样子。

6. 渺然：遥远的样子。

语译：奇怪是因为少见而产生，常见就会不以为意。光明地悬挂在天上的，人们称它为日；清楚地满布在空中的，人们称它为星；自然地弥漫在天上的，人们称它为云；深藏在天空的声音，人们称它为雷；高高地直达天上的，人们称它为山；远远地连接天际的，人们称它为海。像这些事物，假如人们先前未曾见过，猛然一见，难道不会觉得奇怪吗？

怪生于罕，而止于习

名句的故事

　　晋朝的范宁曾经评论《左传》说：“《左氏》艳而富，其失也巫。”意思是说，《左传》的文辞华丽，内容丰富，不过，荒诞不经是它的缺点。吕祖谦认为，那些荒诞不经的事情只是世人少见多怪罢了。《东莱博议》中举出十七件怪异的事：

　　　　一、齐侯见豕；

　　　　二、蛇斗于郑；

　　　　三、神降于莘；

　　　　四、卜偃童谣；

　　　　五、狐突遇申生；

　　　　六、城鄾有夜登邱；

　　　　七、柩有声如牛；

　　　　八、蛇出泉宫；

　　　　九、魏颗见老人；

　　　　十、鸟鸣亳社；

　　　　十一、郑伯有；

　　　　十二、石言于晋；

　　　　十三、当璧而拜；

　　　　十四、郑龙斗；

　　　　十五、玉化为石；

　　　　十六、鹡鸰来巢；

　　　　十七、龙见于绛。

　　这十七件怪事中，有的是鬼魂的化身，有的是怪物的出现，有的是未来的征兆，有的是预言的应验等等。就"齐侯见豕"一事来说：齐襄公先派彭生杀死了鲁桓公。为了息事宁人，齐襄公又让彭生扛起所有罪责而杀了他。过了八年，齐襄公在打猎时被一头用两脚站立的大野猪吓到掉下车来，人们盛传那就是彭生的化身。

吕祖谦并不否定超自然事物存在的可能，他认为这些事物可能只是因为较为罕见，所以被人们当成荒诞不经的事物。一旦认清事物的本质，就不会觉得有什么大不了的。俗谚说："见怪不怪，其怪自败。"吕祖谦则说："怪生于罕，止于习。"这两句话在本质上都有相通之处。

历久弥新说名句

《山海经》里记载了一种怪物。它长得像披散着头发的人，跑得很快，喜欢吃人肉。这种怪物的特点是喜欢笑。当它笑起来时，上嘴唇会盖住眼睛。当地的猎人为了抓住它，会在手臂上套着一对竹筒，故意让它抓住。怪物抓到人的时候就会开始笑，这时猎人把手从竹筒里偷偷抽出来，趁着怪物的眼睛被嘴唇盖住的时机，把怪物的嘴唇钉到脑袋上。等怪物死亡，猎人再剥下它的皮，或是吃它的肉。

明朝的名医李时珍曾经在他所写的《本草纲目》里介绍过《山海经》里的这种怪物。《山海经》称这怪物为枭羊，《本草纲目》则用另一个为现代人所熟知的名字称呼它——狒狒。

狒狒的体形壮硕，表情丰富，但绝对不像《山海经》里介绍的那么可怕、神秘。古人的记载往往会掺入他们对未知事物的想象与误解。人同此心，心同此理。古人如此，现代人难道不会如此吗？

　　爱因斯坦说："就某种意义来说，人类思想的发展，就是不断地摆脱惊奇。"神秘的事物会因为真相的发现，而变得不再神秘。然而，真相不会从天而降，它的发现有赖于人类的怀疑与持续研究。何必害怕未知的事物？要知道，许多科学的成果，正是前人勇敢面对未知事物所得到的。

名句的诞生

咎[1]既往者易为说，扶将倾者难为功。乐[2]论病而惮[3]治病，此人之通患[4]也。

——卷六·《齐公孙无知弑襄公》

完全读懂名句

1. 咎：怪罪。

2. 乐：喜欢。

3. 惮：畏惧、害怕。

4. 通患：常见的缺点。

语译：怪罪过去的事情，容易讲出一番道理，解决重大的问题，不易提出一套方法。喜欢谈论病况，却畏惧治疗疾病，这是一般人常见的缺点。

名句的故事

齐僖公很宠爱侄子公孙无知，把他当成自己的儿子看待，无论是衣服还是礼仪，都比照太子姜诸儿。姜诸儿即位后，剥夺了公孙无知原有的福利，因此公孙无知非常怨恨他。

姜诸儿也就是后来的齐襄公。他曾经派连称和管至父两个人去防守位处边陲的葵丘一地。由于边地的生活

咎既往者易为说，扶将倾者难为功

很苦，所以他答应两人，一年期满之后就换人。两个人好不容易待了一年，齐襄公却食言了。连称和管至父再三向齐襄公请求，齐襄公毫不理睬。

连称、管至父两人因此勾结公孙无知，联手杀了齐襄公。后人评论这件事时，往往把罪责推给齐僖公，认为他不该太宠爱公孙无知，以致酿成祸事。吕祖谦则从另一件历史故事得到启发，提出不一样的见解。

汉元帝很宠爱定陶王刘康和他的母亲傅昭仪。汉成帝即位后，顺着他父亲的意思，厚待刘康，待他比其他兄弟还好，所以他们兄弟感情十分融洽。后来汉成帝还立刘康的儿子刘欣为太子，把皇位传给了他，也就是后来的汉哀帝。从这件事中，吕祖谦领悟到，齐僖公溺爱公孙无知一事固然不对，但是一味批评齐僖公只不过是"咎既往者"，倒不如从汉成帝的故事中学习正确的做法，也就是齐襄公应该善待公孙无知，这才是"扶将倾者"的解决之道，所以他说："咎既往者易为说，扶将倾者难为功。"

历久弥新说名句

美国企业家亨利·福特说："不能光是找出错误，而要找出解决的办法。抱怨的话语是任何人都会说的。"

东汉末年，外戚与宦官恶斗不已。比起外戚，读书人更厌恶宦官，于是群起抨击宦官，讥议时政，品核公卿，史称"清议"。"清议"惹恼了掌权的宦官，于是大加报复，掀起了两次"党锢之祸"，读书人也因此遭到严重的迫害。

对于汉朝读书人的做法，北宋史学家司马光在《资治通鉴》

一书中是这么评论的："党人生昏乱之世，不在其位，四海横流，而欲以口舌救之，臧否人物，激浊扬清，撩虺（huǐ）蛇之头，践虎狼之属，以至身被淫刑，祸及朋友。士类歼灭而国随以亡，不亦悲乎。"意思是说，东汉的读书人生活在混乱的时代，虽然没有官位而散落民间，只想靠口才救国。评论人物，儆恶扬善，不惜冒犯像毒蛇、猛兽那一类的小人，到后来自身遭遇刑罚，灾祸牵连到朋友身上。读书人因此被消灭了，国家也因此灭亡了，这不是很令人难过的事吗？

仔细思考司马光的话，虽然以同情读书人为主，但似乎也隐藏了一些批评当时读书人的意图。

"欲以口舌救之"这句话暗示了读书人没有实际的作为。东汉的读书人曾经在汉灵帝即位之初，暂时主政，却未能及时解决宦官为祸的问题，以致后来灾祸愈演愈烈。

东汉末年的政治情势十分复杂，并不是一朝一夕就能解决的。不过，后人仍应以此为借镜，只是明白问题的所在，有时不一定就能立刻解决问题，还是必须有具体的解决办法才行。

吕祖谦说"咎既往者易为说，扶将倾者难为功"，倒也不是否定发现问题的重要性，而是在强调解决问题比发现问题还更困难的道理。

衔辔败，然后见马之真性；法制弛，然后见民之真情

名句的诞生

马之所以不敢肆足[1]者，衔辔[2]束之也；臣之所以不敢肆意者，法制束之也。衔辔败[3]，然后见马之真性；法制弛[4]，然后见民之真情。

——卷六·《齐鲁战长勺》

完全读懂名句

1. 肆足：随意乱跑。
2. 衔辔：衔，套在马嘴上，用以控制马匹行进方向的器具。辔，马缰绳。
3. 败：毁坏。
4. 弛：松弛。

语译：马匹不敢随意乱跑，是因为有口勒和缰绳的约束；臣下不敢任意胡为，是因为有法律和制度的约束。口勒和缰绳毁坏了，然后就可以看到马匹真正的个性；法律和制度松弛了，然后就可以看到百姓真正的性情。

名句的故事

在齐鲁长勺之战前，曹刿求见鲁庄公，询问庄公凭什么作战。鲁庄公先以不敢独享衣食，再以祭祀恭谨回答，曹刿都认为靠这些小惠、小信不足以和齐国作战。直到鲁庄公说到他会尽心尽力处理每一件刑案，曹刿才

点头说"可以一战"，并请求同行。在长勺之战中，曹刿献奇策、用良谋，终于使鲁国战胜了齐国。

唐代文学家柳宗元曾写了一本《非国语》，对《国语》的论述提出批判。在"曹刿问战"这件事上，柳宗元以为曹刿问得不对，鲁庄公也答得不好。柳宗元认为，曹刿应该问的是："鲁国有多少谋臣，有多少勇士，士兵的训练程度如何，武器装备如何，在地形上有什么优势。"光靠一件"尽心尽力处理刑案"的政绩就想和齐国作战，不过是误国的腐儒之见而已。

对此，吕祖谦提出相反的意见。他认为"法制弛，然后见民之真情"，在战场上，法律制度不足以约束众人。鲁庄公能尽心处理刑案，必能感动身陷刑案的人为国效命。秦穆公宽恕了偷吃御马的野人，后来得到他们的救援，就是一个明显的例子。吕祖谦进一步推论，古人的智慧不是后人所能企及，即使是柳宗元这样的大文学家都还不能完全了解古人，何况一般人呢？

历久弥新说名句

真正的情感不需要依赖法律或制度来维持。"法制弛，然后见民之真情"，人世间的情感，因为没有法律制度约束而更显珍贵。

南宋时的大文学家陆游，娶了唐琬为妻，婚后两人感情十分亲密，却因为陆游的母亲不喜欢唐琬，硬是逼着陆游休了她。两人没有婚姻关系，各自婚嫁。多年后，陆游在沈园邂逅了唐琬，心中感慨万千，就题下《钗头凤》一词，唐琬也用同样的词牌，应和了一首。唐琬在写下《钗头凤》后不久，就因为太过悲伤而死去。四十年后，陆游回到从前的伤心地，再度提笔写下两首诗，哀悼当年的情感。

就名分来说，唐婉已经是别人的妻子，陆游也不应再想着她。然而，感情的事又岂是名分可以抹杀的，就是因为世俗的礼法，陆游与唐婉这对恩爱夫妻被迫分离，岂不更令人感叹与惋惜。

名句的诞生

一念之是，咫尺禹汤；一念之非，咫尺桀纣。诱于前，迫于后，则善岂待勉，恶岂待戒哉？

——卷六·《禹汤罪己桀纣罪人》

完全读懂名句

语译：一个想法对了，距离禹汤般的圣人很近；一个想法错了，距离桀纣般的狂徒也很近。在前面有这样的诱导，在后面有这样的压力，那么哪里需要强迫才会做好事？哪里需要防备才不会做坏事呢？

名句的故事

公元前六八六年，鲁庄公听说宋国发生了水灾，就派人去慰问。宋国回答："我们不够诚心，以致引发天怒而降下灾祸，还让贵国为我们担心。我们对贵国的善意，实在是感激不尽。"鲁国大夫臧文仲说："禹汤罪己，其兴也勃焉；桀纣罪人，其亡也忽焉。"禹和汤能够正视自己的错误，扛起责任，所以迅速兴盛起来；桀和纣把责任推给别人，不肯承认错误，所以灭亡得非常突然。宋国的国君能够效法禹和汤的做法，所以宋国应该会兴盛起来

一念之是，咫尺禹汤；一念之非，咫尺桀纣

的。后来臧文仲的祖父臧孙达知道发言的其实是宋国公子御说，就评论说："这个人才是适合当国君的人，因为他懂得体恤百姓。"过了几年，宋国大夫南宫长万作乱，宋庄公被杀，子游即位。又不久，子游被杀，公子御说被拥立为国君，也就是宋桓公。至此，应验了臧孙达的预言。

吕祖谦认为臧文仲评论得非常好。因为这段评论明白讲出成为圣贤就是要懂得知过改过的道理。此外，这段评论也让后人知道，成为圣人或成为恶徒并不是一件难事。既然不难，而人们都向往成为圣人，厌恶恶徒，那么人们就会尽力做好，使自己成为圣人而非恶徒。吕祖谦说："一念之是，咫尺禹汤；一念之非，咫尺桀纣。"这段话恰足以呼应臧文仲的说法，而且更深化了那段评论的内涵。

历久弥新说名句

根据《左传》的记载，禹和汤是最早下"罪己诏"的帝王。所谓"罪己诏"，指的就是帝王公开承认错误的诏书。古代的帝王高高在上，要承认自己错误是件很困难的事，但历代曾公开承认自己错误的帝王却也不少。

春秋时期的秦穆公就曾经为攻打郑国失败一事，向国人道歉。他不听蹇叔等人的劝阻，执意出兵，以致军队大败全输。秦穆公道歉后，全心治理国家，终于使秦国强盛，他也成为"春秋五霸"之一。

宋朝也有皇帝下过"罪己诏"，例如宋徽宗。他任用小人，横征暴敛，导致民怨四起。金兵南下时，他下"罪己诏"，把皇位传给儿子，可惜还是亡国。

若说宋徽宗的"罪己诏"没有诚意，那么明朝的崇祯皇帝更糟糕。他一面下"罪己诏"，一面搜刮民脂民膏。亡国之前，他说了一句："朕非亡国之君，臣皆亡国之臣。"意指使国家灭亡不是他的错，都是别人的错。这才是他真正的想法，什么"罪己诏"都只是用来欺骗百姓的噱头。

　　现在到了民主时代，"罪己诏"的形式已成过去式，但只要有政府首长为政令失当而道歉，那么"罪己诏"的精神就还存在着。不过，到底是秦穆公式的"罪己诏"，还是崇祯式的"罪己诏"，那就要看政府接下来的作为才知道了。

名句的诞生

国不亡于外寇，而亡于内寇；恶不成于有助，而成于无助。国家之难，攻其外而无应于内，则攻者亦将穷而自止。无宰嚭[1]，则越不能亡吴；无郭开[2]，则秦不能亡赵；无郑译刘昉[3]，则隋不能亡周；无裴枢柳灿[4]，则梁不能亡唐。是数国者，非其人之内叛，人孰能取之？

——卷七·《郑厉公杀傅瑕原繁》

完全读懂名句

1. 宰嚭：吴国太宰伯嚭。因为收受贿赂而力劝吴王夫差留下越王勾践一命，他更陷害伍子胥，使勾践得以消灭吴国。嚭，音"pǐ"。

2. 郭开：赵王的宠臣。秦国贿赂他，让他诬告赵国大将李牧谋反。赵国失去李牧之后三个月内，就被秦国消灭。

3. 郑译刘昉：北周宣帝驾崩，七岁的静帝即位。内史上大夫郑译和御正下大夫刘昉拥护杨坚辅政，不久，杨坚篡夺北周，改国号为隋。昉，音"fǎng"。

4. 裴枢柳灿：唐昭宗时，裴枢和柳灿先后担任宰相，勾结朱全忠。后来朱全忠篡位，建国号为梁，五代的乱世从此开始。

语译：国家往往不是被外来的敌人所消灭，而是被内在的敌人所消灭；坏事的形成往往不是因为有其他人的助力，而是因为没有其他人的阻力。国家遭遇危难，只有外来的攻击而没有卖国贼的内应，那么外来攻击也将因为力量用尽而停止。没有太宰伯嚭的话，那么越国也无法消灭吴国；没有郭开的话，那么秦国也无法消灭赵国；没有郑译、刘昉的话，那么隋朝也无法消灭北周；没有裴枢、柳灿的话，那么后梁也无法消灭唐朝。这几个国家，不是因为这些人的出卖，别人又怎么能够轻易占领呢？

名句的故事

郑厉公姬突赶走了哥哥郑昭公，篡夺了他的国家。不久，他因为暗杀大夫祭仲不成而逃往蔡国。祭仲迎回郑昭公。公元前六九五年，郑昭公被大夫高渠弥所射杀，子亹（wěi）被立为国君。后来，子亹和高渠弥又被齐襄公所杀，祭仲拥立子仪为郑国国君。子仪派傅瑕防守太陵，傅瑕因而被郑厉公所擒获。郑厉公要傅瑕出卖子仪，他答应了。

子仪被杀之后，郑厉公回到郑国，立刻以对国君不忠的罪名杀了傅瑕，并责备在这一系列宫廷内斗中始终保持中立的原繁说："我离开国家，你没有为我说过一句话；等我回国，你又不肯来亲附我。我对你感到很失望。"原繁知道郑厉公容不下他，自缢而死。

对于这次历史事件，吕祖谦认为原繁虽然保持中立，但他的罪过并不比叛国的傅瑕来得轻。他认为："国不亡于外寇，而亡于内寇。"原繁的中立行为，无异于叛国的"内寇"，所以他死得理所当然。

南宋时，秦桧被北方的金国释放回国，掌权后杀了南宋的大将岳飞。世人普遍相信他是受到金国的收买。知道了这件史实，就可以猜想出吕祖谦为什么会提到伯嚭、郭开等人了。因为吕祖谦属主战派，主张和金国对抗到底，不认同"讲和"的"中立"做法，难怪借古讽今说明："恶不成于有助，而成于无助。"

历久弥新说名句

孔子说："乡愿，德之贼也。"乡愿是指那些不愿得罪好人与坏人的人，也就是看似"中立"的滥好人。

秦二世时，宦官赵高弄权。自从杀了丞相李斯之后，赵高的气焰更加嚣张。为了铲除异己，他故意牵了一头鹿上殿，并对二世皇帝胡亥说他献的是一匹马。胡亥眼见赵高明明牵来的是鹿，却说是马，心里感到很奇怪，于是询问殿上的大臣："众位爱卿，你们说这是一头鹿，还是一匹马？"

赵高的眼神冷冷扫过殿上的大臣。大臣们心里一惊，不敢违逆赵高的说法，就睁着眼睛说瞎话："丞相所献的，确实是一匹马。"有些大臣不愿违背自己的良心欺瞒皇帝，坦白地说："那明明是一头鹿。"然而，更多的大臣则是沉默不语。

后世的人大多痛骂赵高"指鹿为马"，颠倒是非黑白，但其实该骂的，岂止是赵高及附和赵高的人？那些维持中立，沉默不语的人臣，难道不该背负同样的罪过？

鹿就是鹿，马就是马，无论立场为何，真相就是真相。如果满朝大臣都敢说出真相，赵高难道真能杀尽满朝大臣吗？若不是有太多人不敢挺身而出，赵高又哪里敢恣意妄为呢？

吕祖谦说："彼为恶者，惟欲人皆中立，无所偏助。"做坏事的人未必需要别人的帮助，但他们都希望别人能够"默许"，不要去指责、逮捕他，最好什么事都不要做。对于"恶不成于有助，而成于无助"这句话，吕祖谦的总结是："奸莫甚于中立。"吕祖谦的论点和孔子对"乡愿"的批评，确实值得世人省思。

以古为今，以今为古，特在吾心之通与蔽耳

名句的诞生

心无所蔽，则六通四辟[1]，合千载为一朝，合万代为一世。与古圣贤，更相授受[2]，更相酬酢[3]，于无声无臭[4]之中和同无间[5]，此以古为今也，舜、文若合符节[6]之类是也。以古为今[7]，以今为古[8]，特[9]在吾心之通与蔽耳，曷尝有定名哉？

——卷七·《原庄公逆王后于陈》

完全读懂名句

1. 六通四辟：顺应自然，没有滞碍。

2. 授受：结交往来。

3. 酬酢：交际应酬。

4. 无声无臭：不知不觉，没有形迹。

5. 和同无间：彼此心意相通。无间，关系密切。

6. 若合符节：完全一致。

7. 以古为今：把过去的历史当作现在的借镜，知所警惕。

8. 以今为古：把眼前的教训当作古老的故事，毫不理会。

9. 特：只。

语译：内心没有受到蒙蔽，那么就能顺应自然，没有碍滞，几千年前的古事就像昨天发生一样，几万代之前的历史就像是上一代发生一样容易了解实情。就像是和古代的圣贤互相结交往来，互相交际应酬，在不知不觉中就能够

心意相通，这就是以古为今，例如虞舜和周文王的作为几乎像"合符"一样的相似。把过去的历史当作现在的借镜，或是把眼前的教训当作古老的故事，只在于我们的内心是否通达，又怎么会有一定的说法呢？

名句的故事

公元前六七六年，原庄公到陈国迎接周惠后陈妫。周惠后嫁到京城的第二年，周朝发生了王子颓之乱。周庄王的庶子姬颓靠着几位大夫的协助，联合了卫国、燕国的军队，在公元前六七四年攻进京城，赶走了周惠王。

姬颓篡位不久，就设宴款待几位协助叛乱有功的大夫。这场宴会的排场很大，演奏了黄帝、尧、舜、禹、汤、周武王六代的歌舞。郑厉公认为姬颓篡位还如此铺张，是"临祸忘忧"的行为，必会遭致失败，于是联合虢国，协助周惠王抢回王位。

郑厉公攻进京城后，设宴招待周惠王，竟也学姬颓一样，摆下六代歌舞的排场。原庄公认为，郑厉公明知姬颓的做法不对，却还是有样学样，一定会发生灾祸。过了不久，郑厉公驾崩，应验了原庄公的预言。

吕祖谦认为，姬颓的失败明明就在眼前，郑厉公却还是视而不见，显然是把眼前的教训当作古老的故事一般毫不在意，这是因为他的内心受到物欲蒙蔽。由此可见，内心不受蒙蔽才能从过去的历史记取教训，内心受到蒙蔽反而会把眼前的错误抛诸脑后，所以说："以古为今，以今为古，特在吾心之通与蔽耳。"北宋向金国求和而覆亡，南宋还是向金国求和而签下"绍兴和议"，这件事在吕祖谦的眼中，应该也是内心受到蒙蔽的"以今为古"之举吧！

历久弥新说名句

唐太宗李世民说："以铜为镜，可以正衣冠；以古为镜，可以知兴替；以人为镜，可以明得失。"这话虽然很好，但是应用在吕祖谦口中那些"以今为古"的人身上，可就不是那么理所当然了。

就拿郑厉公的例子来说吧！他看到姬颓纵情享乐，就知道姬颓将会遭遇失败。按理来说，他应该引以为戒才是，但事实却相反。吕祖谦认为郑厉公是受到物欲所蒙蔽，然而如果他真的认为这样一定会遭遇失败，他还会这么做吗？

在郑厉公的心中，一定以为姬颓的能力不及自己。姬颓会遭遇失败，自己却不会。同样的心态也出现在为非作歹的人身上。犯了什么样的罪，就要遭受什么样的刑罚，这不是比历史归纳出来的理论更加明确吗？但是他们认为自己的能力足以逃避刑罚，所以毫不在意地犯罪，刑罚再重也不怕，他们的心里会想："别人会被抓，我却不会！"

犯罪的人毕竟是少数，犯错上当的人却很多。很多时候，他们不是没见过前例，只是认为自己会是例外。凡事都有例外，但例外永远是极少数。

名句的诞生

首人君之恶者，拒谏居其最。置[1]是而不忧，将何忧？曰：君之拒谏可忧，而非人臣之所当忧也。君臣同体，君陷于恶，臣不为之忧，将谁忧？曰：君有君之忧，臣有臣之忧，未闻舍[2]己之忧，而忧人之忧者也。

——卷七·《鬻拳兵谏》

完全读懂名句

1. 置：丢下不予理会。

语译：国君最严重的缺点，在于拒绝接受劝谏。丢下这件事不去担心，又要担心什么呢？所以说，国君要担心拒绝接受劝谏这件事，而不是大臣要担心这件事。国君和大臣是一体共生，国君犯了错，大臣不替他担心，又要替谁担心呢？国君有国君要担心的事，大臣有大臣要担心的事，没听说放着自己应该担心的事，而去担心别人应该担心的事啊！

名句的故事

鬻拳原是楚国的贵族，因为国君不听劝谏，所以他就拿着武器来威胁国君。国君听从了他的建议之后，鬻拳说："我竟然拿着武器来威胁国君，这个罪过实在是太大了。"说完就砍断

君有君之忧，臣有臣之忧，未闻舍己之忧，而忧人之忧者也

自己的两条腿以赎罪。

断腿的鬻拳被派到城门当守门官。公元六七六年，楚文王领兵对抗巴国的军队，在津地大败。当楚国军队撤退到城门前，鬻拳觉得楚国军队仍有余力，不该无功而返，于是拒绝开门，逼得楚文王不得不转而攻打黄国，以求得安身之所。攻打黄国之战虽然胜利，但是楚文王也生病了，不久驾崩。

守门的鬻拳帮忙安葬楚王的尸体，随后就在墓室的地下宫殿前自杀，以求在阴间继续担负守护宫门的责任。《左传》评论这件事："鬻拳真可以说是忠君爱国之士，为了劝谏国君宁可遭受刑罪，遭受刑罚之后，还不忘引导国君做正确的事。"吕祖谦则从另一个角度谈鬻拳的事，认为当臣子的固然应该善尽劝谏的责任，但是听不听在于国君，不可强迫，否则就是"忧人之忧"。

南宋初年的民族英雄宗泽曾力劝宋高宗赵构北伐，在短短一年内上了二十四封奏章，史称"乞回銮二十四疏"。宋高宗不仅不听，还派人监视他，不准他进兵。宗泽死前仍不忘北伐大业，只可惜宋高宗仍然执意苟且偷安，拒绝北伐的建议。

历久弥新说名句

吕祖谦认为鬻拳不该用武力强迫国君听从自己的意见，这种论点当然是出于维护君权的观念。孟子曾说，国君坚持不肯接受劝谏就辞官不做或是干脆换了国君，对于这种说法，吕祖谦虽然不见得敢直接批判被尊为亚圣的孟子，恐怕也未必敢附和吧！

虽然维护君权的观念不适用于今天这个民主时代，不过吕祖谦"未闻舍己之忧，而忧人之忧者也"的说法却可以应用在朋友间的交往原则。孔子说："忠告而善道之，不可则止，毋自辱焉。"对于朋友的过错要尽可能规劝，但是朋友若坚持不听的话就算了，不要自取其辱。从这个角度来说，春秋时代的鬻拳用武力强迫国君听从自己的意见，似乎不值得称许。撇开国君、臣子的地位不谈，强迫别人用自己的角度想事情，就算是为对方着想，也不一定能让人心服口服。

爵愈高而心愈躁，禄愈丰而心愈贪

名句的诞生

一身之奉易足也，一身之求易供也，其所以嗜进[1]而不知止者，特[2]欲为子孙无穷之计耳。吾身不能常存，主眷[3]不能常保，身未没眷未衰之时，厚集权宠以遗后之人。一失此机，子孙将何所庇乎？此所以爵愈高而心愈躁，禄愈丰而心愈贪也。

——卷七·《陈敬仲辞卿饮桓公酒》

完全读懂名句

1. 嗜进：贪求。

2. 特：只。

3. 主眷：君主的宠爱。

语译：一个人的生活容易满足，一个人的需求容易提供，之所以会贪求不知足，只是想要为子孙万代打算而已。自己的生命不能永远持续，君主的宠爱不能永久保有，在生命尚未终结，宠爱尚未消失时，多累积权位恩宠给后代。一旦失去这个机会，子孙又怎么能得到庇荫呢？这就是为什么官位越高，心里就越浮躁，财产越多，心里越贪婪的缘故啊！

名句的故事

　　陈敬仲名完，敬仲是他的谥号。他是陈厉公妫佗的儿子。公元前六七二年，陈宣公杀死了太子御寇。由于陈完是御寇的好友，生怕被连累，所以逃到齐国。齐桓公要赐给他高官厚禄，陈完推辞不受。他说："我是逃亡在外的臣子，能够顺利得到庇护，已经是万幸了，怎能再接受高官厚禄，被其他官员所指责呢？"有一天，陈完请齐桓公喝酒，齐桓公喝得很高兴，天黑了还不肯走。陈完说："微臣算过命，才敢在白天请您喝酒，但是我没有算过晚上适不适合请您喝酒，所以不敢从命。"

吕祖谦用"爵愈高而心愈躁，禄愈丰而心愈贪"来指出一般人的错误，反衬陈完的德行。陈完知所节制，无论在寻求政治庇护或是请国君喝酒方面都是如此。吕祖谦认为，一般人一味贪求以庇荫子孙，陈完却用知所节制的做法，让子孙得到更大的庇荫。

北宋的张知白身为宰相，却一生过着节俭的生活。他认为生命和官位都有消失的时候，若是能让子孙习惯节俭的生活，就不会因为浪费而导致流离失所。常言道："富不过三代。"再多财产也可能被子孙败光，倒不如留下好的家风，这才是真正为子孙着想。

历久弥新说名句

宋朝的皇帝认为，只要让官员荷包都饱饱的，他们就不会压榨百姓了。事实则不然，朝廷给的薪俸越丰厚，官员过的生活就越奢侈，到头来，钱永远不够用，还是照样压榨百姓。

西方哲学家伊壁鸠鲁说："已足而尚感不足的人，永远不会觉得满足。"人性的贪念，往往是非理性的，不因富有而满足。南宋的将军张俊，每年光是田租就能收取三十多万石的粮食，相当于绍兴府整年的田赋，但是他还是不满足。为了怕自己的钱被偷走，于是熔掉了家中所有的白银，铸成一个一百多斤重的银球。他心想，就算盗贼想来偷这个银球，也搬不动，所以把大银球取名为"没奈何"。

人的贪念是永无止境的。庄子说得好："鹪鹩巢于深林，不过一枝；偃鼠饮河，不过满腹。"钱也是一样，人的一辈子能花多少钱呢？如果用有限的生命去追求一辈子也花不完的钱，是否太愚昧了！

生天下之善者，出于敬；

生天下之恶者，出于慢

名句的诞生

彼蓍龟[1]之中，曷尝真有是耶？妄者见其妄，
僭者见其僭，妖者见其妖，皆心之所发见[2]耳。
蓍龟者，心之影也，小大修[3]短，咸其自取。
伛者[4]曲而躄者[5]跛，夫岂影之罪哉？

——卷八·《懿氏卜妻敬仲》

完全读懂名句

1. 蓍龟：占卜算命的工具。古人在决定小事时
   往往用蓍草占卜，决断大事时往往用龟甲占
   卜。蓍，音"shī"。

2. 发见：表现在外的情况。见，通"现"。

3. 修：长。

4. 伛者：驼背的人。

5. 躄者：跛脚的人。躄，音"bì"。

语译：在蓍草和龟甲中，哪里有事实存在呢？
虚妄的人看到虚妄的事，僭越的人看到僭越的
事，怪异的人看到怪异的事，都是内心的外在
表现而已。蓍草和龟甲，是心理的投射，或小
或大，或长或短，都是自己找来的。驼背的人，
影子就是驼着的；跛脚的人，影子就是跛着
的，哪里是影子的问题呢？

名句的故事

齐国大夫懿氏打算把女儿嫁给陈

蓍龟者，心之影也，小大修短，咸其自取

完，就先请人算命，算出来的结果是："五世其昌，并于正卿；八世之后，莫与之京。"意思是说，他的后代可以享有五代的昌盛，地位可比正卿。

八代以后，地位达到顶峰。懿氏的女儿为陈完生了一个儿子，名叫稚孟。因为陈和田古音相近，所以陈氏也被称为田氏，传到第五代陈桓子时，因为施惠给百姓，所以民心都归向他，势力渐大。传到第八代田成子时，独揽齐国国政。传到第十代田和时，终于夺取了齐国的政权。

就陈完一事来看，占卜的结果确实很灵验，不过吕祖谦认为，《左传》记载了二百四十二年的历史，占卜灵验的例子却不过几十件而已，不足称奇。他说："蓍龟者，心之影也。"意指占卜算命不过就是个人心理的反射罢了。

汉朝之前，社会普遍流行算命预言的风气，随着民智渐开，质疑的声音也越来越多。宋朝名将狄青曾平定西南的侬智高之乱。出兵前，他拿出一百枚铜钱，公开向上天祷告说："这场仗如果会胜利的话，所有铜钱的正面都会朝上。"说完以后，他撒出铜钱，果然如此，士兵们因此士气大振，一路势如破竹。大获全胜之后，他才告诉大家一个秘密，原来那些铜钱是特制的，只有正面，没有背面。原来，众人相信胜利，自然就会胜利，"小大修短，咸其自取"，就是这个道理。

历久弥新说名句

战国时，燕国有一个名叫蔡泽的人。他认为自己很有才学，于是到处游说国君，却始终得不到任用。他听说唐举善于替人看相，于是就去找他。

蔡泽对唐举说："我听说您曾经替李兑看相，说他在一百天里就能够执掌国政。有这回事吗？"唐举说："有的。"蔡泽又说："那么你看看我的面相怎么样？"

　　唐举仔细看了看蔡泽，觉得他长得貌不惊人，于是仰天大笑，说："您的鼻头上翻，肩高脖子短，脸大鼻子塌，腿也伸不直。我听说真正的圣贤是没办法从面相里看出端倪，我看你就是这一类的人吧！"

　　听了唐举的话，蔡泽知道唐举打从心里就瞧不起他，也不认为他会有什么成就。

　　蔡泽认为，唐举只是不了解他，看不出他的能力，而不是他自己的能力不好，就说："功名富贵，是我本来就会有的，用不着问你。我只想知道，我还有几年的寿命。"唐举说："从现在开始算，你还有四十三岁的寿命。"听完了唐举的话，蔡泽就道谢离开了。

　　后来蔡泽果然如自己所说的，得到了功名富贵，成为了秦国的丞相。他有一句话说得好："富贵吾所自有。"人世间的成就固然要靠机运，但是机运却不足以决定一个人的成就。蔡泽有不向命运低头的豪气与信心，这就是他有所成就的主要原因吧！

百人醉而一人醒，犹可以止众狂；百礼废而一礼存，犹可以推旧典

名句的诞生

百人醉而一人醒，犹可以止众狂；百礼废而一礼存，犹可以推旧典。春秋之时，王纲解纽[1]，周官三百六十咸旷其职，惟史官仅不失其守耳。曹刿谏鲁庄公观社之辞曰："君举[2]必书，书而不法，后嗣[3]何观？"

——卷八·《曹刿谏观社》

完全读懂名句

1. 解纽：废弛。

2. 举：行为举止。

3. 后嗣：后代的继位者。

语译：一百个人都喝醉了，只要有一个人还清醒，就还可以阻止大家做出疯狂的行为；即使一百种礼仪都废弛，只要有一种礼仪还存在着，就还可以推论出原有的典章制度。春秋时代，王朝的纲纪已经废弛了，周朝官制里的三百六十种职位都荒废了，只有史官还坚守在岗位上。曹刿谏阻鲁庄公去观看社神的祭祀仪式时说："国君的举止都会被记录下来，如果记录的是您不合法度的行为，后来的继位者会看到什么？"

名句的故事

鲁庄公想去观看社神的祭祀仪式，曹刿阻止他。曹刿的说辞是，史官会

如实记下国君的行为，所以国君必须为后代立下好榜样。

吕祖谦认为史官必须在任何情形下都维持客观。如果混乱的朝廷是一场杯盘狼藉的酒宴，那么史官就是那一位无论如何都必须保持清醒的人，即使其他人都喝醉，他也必须负起责任，阻止众多酒醉者做出疯狂的举动。

客观的史官不容易当。公元前五四八年，齐国的大夫崔杼杀死了国君齐庄公，史官在史书上记下"崔杼弑其君"几个字。崔杼恼羞成怒，杀了史官，命令史官之弟接替史官的职位，重写一遍。史官的弟弟毫无畏惧地再次写下"崔杼弑其君"这几个字，崔杼仍杀了他，再命令史官另一个弟弟接替职位。这一位弟弟还是不肯屈服，于是仍被杀。担任史官的人即使被杀，仍前仆后继忠于史实记载。杀到后来，崔杼手软不再杀史官了，这件事才被写在历史上。

在称赞那些勇敢史官的同时，也必须知道，未必每一位史官都有为真理而牺牲的勇气。"百人醉而一人醒，犹可以止众狂。"这话没错，然而一个清醒的人想阻止众多酒醉者的疯狂行为时，却很有可能付出惨痛的代价。长于史学的吕祖谦，了解史官的难为，所以在曹刿谏阻观社一事上，刻意表彰史官的贡献，也隐含着对自己的期许，希望自己能做那个"醒"而能"止众狂"的人。

历久弥新说名句

现代的史学家着重于整理过去的历史事实，古代的史学家则要兼及记录当时事件的任务。换言之，古代的史学家也要从事现代记者的工作。

从前只能用文字记录时事。文字的意义可能会被歪曲甚至被篡改。篡改历史的实际证据不易发现，不过还是有迹可循。据记载，唐太宗曾对史官的记载加以"润饰"。他既然开了这个恶例，难保后代的皇帝不会起而效尤。

　　如今科技发达，报导不仅有文字，有声音，还有画面。然而，有画面就代表事实吗？西方一位脱口秀演员就曾经对媒体刻意将回教徒塑造成恐怖分子的形象提出批评。他说："新闻会刻意拍摄那些愤怒叫嚣的回教徒，而避开他们的温和形象。他们不用多说什么，但他们就是要让你觉得'这就是回教徒！'"

　　媒体可以经由画面、事件、评论等，操弄观众的情绪与判断。这种做法当然与媒体工作者应保持客观中立的原则不符合，但如果他们自认为能够操弄他人，又怎会把这个原则放在心中。

　　胡适曾说："一个国家没有纪实的新闻而只有快意的谣言，没有公正的批评而只有恶意的谩骂和丑诋——这是一个民族的大耻辱。"时至今日，这句话仍掷地有声。不盲从、不迷信，永远都是读历史与看新闻必须具备的基本心态。

名句的诞生

骄[1]者乱之母也，疑[2]者奸之媒也，懦者事之贼也，弱者盗之招也。四者有一焉，皆足以亡其国。鲁庄闵之际，合四者而兼之，篡弑之变，胡为而不交作[3]哉？

——卷八·《庄公丹桓宫楹》

完全读懂名句

1.骄：骄奢。

2.疑：怀疑。

3.交作：连续发生。

语译：骄奢会导致动乱，怀疑会引发诈谋，怯懦会搞坏事情，软弱会招来敌人。只要有这四种情况中的一种，就足够使国家灭亡了。鲁庄公、鲁闵公的时候，这四种情况都出现了，篡位、弑君等突发的灾祸，又怎么不会连续发生呢？

名句的故事

公元前六六〇年，鲁国的国君子般被杀。两年后，继位的鲁闵公被杀。季友拥立鲁僖公即位后，庆父畏罪自杀，和他私通的哀姜也被杀死。鲁国的乱事到此告一段落。

对于这一连串的乱事，吕祖谦认

骄者乱之母也，疑者奸之媒也，

懦者事之贼也，弱者盗之招也，

为鲁庄公和季友各要负一半的责任。

鲁庄公是庆父的哥哥，也是哀姜的丈夫。他在迎娶哀姜前，替父亲在宗庙的梁柱涂上红漆，过了几个月，又在柱子上雕花。在当时，这些都算是奢侈而不合礼法的事。

哀姜是齐国的贵族，因此她一嫁到鲁国，鲁庄公就下令让同姓大夫的夫人晋见她，并且要用玉帛当见面礼。大臣御孙氏认为不合礼制，鲁庄公却因宠爱哀姜而不顾大臣的劝谏。吕祖谦认为这是鲁庄公犯的第一个错——骄。

鲁庄公临终前向两个弟弟叔牙、季友询问继任人选。叔牙推荐庆父，季友则推荐鲁庄公的儿子子般。继位人选本来就应该是子般，鲁庄公却还要询问别人，这是鲁庄公犯的第二个错——疑。

为了保护子般，季友毒死叔牙，却放过了庆父。子般继位后，反而被庆父所杀，这是季友犯的第一个错——懦。

庆父拥立闵公即位。不久，他和哀姜私通，杀死闵公。吕祖谦认为季友没能及早除去庆父，这是他犯的第二个错——弱。

吕祖谦认为，庆父虽然是罪魁祸首，但是鲁庄公和季友也有错，所以他说："骄者乱之母也，疑者奸之媒也，懦者事之贼也，弱者盗之招也。"

历久弥新说名句

世界文学名著《堂吉诃德》的作者塞万提斯曾经说："每个人的命运都是由自己的性格所决定的。"既然"骄""疑""懦""弱"等性格会导致失败，那么相反的性格是否会导向成功呢？

比尔·盖茨是美国知名的企业家。他是微软计算机公司的创建者之一，这家公司为他带来庞大的财富。一九九五年到二〇〇七年间，他一直是世界的首富。

年轻的比尔·盖茨被看作是个"极端个人主义"的人。后来，他的强势作风虽然引发不少争议，却也使得微软公司逐渐强大，成为最成功的企业之一。

微软公司最大的特点在于否定了知识与创意应该共享的想法。他说："凭什么要免费提供产品？"他的这种理念在早年是一个异端，而他却勇于接受批判，毫不退却。

比尔·盖茨最为人熟知的事情之一，是他从哈佛大学辍学一事。

哈佛大学是举世闻名的一流学府，从这间学校出来的学生无不成为各大企业争相延揽的人才，然而，比尔·盖茨却毅然决然离开学校，投入信息业的领域，这岂是一般人所能做到的？从公元一九九五年到二〇〇七年间，他一直是世界的首富，这样的成就，或许就是因为他的个性使然。

观政在朝，观俗在野

名句的诞生

观政在朝，观俗在野。将观其政，野不如朝；将观其俗，朝不如野。政之所及者浅，俗之所持者深，此善觇[1]人之国者，未尝不先其野而后其朝也。

——卷八·《齐仲孙湫观政》

完全读懂名句

1. 觇：观察，音"chān"。

语译：观察政治要在朝廷，观察风俗要在民间。打算要观察政治时，民间不如朝廷；打算要观察风俗时，朝廷不如民间。

名句的故事

鲁庄公的弟弟杀了继位的子般，改立鲁闵公。由于鲁庄公的妻子哀姜是齐国的贵族，加上鲁闵公一即位就和齐国结盟，所以齐桓公派了大夫仲孙湫到鲁国，观察鲁国的政治情势。

仲孙湫回齐国报告时说："只要庆父这个人还活着，那么鲁国的灾难就不会结束。"齐桓公问："那么要怎么样除掉庆父？"仲孙湫说："照鲁国的情势来看，他迟早会自取灭亡的。不用担心，您就等着瞧吧！"齐桓公又问："你认为趁这个机会占领鲁国，可能吗？"仲孙湫说："不行！因为鲁国还是个知礼的国家。礼是国家的根本。根本毁了，枝叶才可能枯萎。只要鲁国还守着礼，就不可能动摇它。"

《资治通鉴》说："上有所好，下必甚焉。"在上位者喜欢击剑的勇士，路上就会出现许多因为习剑而负伤的人；在上位者喜欢苗条的美女，宫中就会出现许多因减肥而忍受饥饿的人。尽管如此，风俗毕竟不是一天形成的，政治虽然可以造成一时的风潮，却不见得能影响真正的风俗习惯。

后周世宗时，曾订下灭佛的政策，废去三千多所寺庙。虽然如此，进入宋朝后，佛教的禅宗及净土宗仍旧兴盛，百姓仍以佛教为主要的信仰。说到底，政策是政策，风俗是风俗，两者虽有关联，毕竟有所区别，所以吕祖谦说："观政在朝，观俗在野。"

历久弥新说名句

各地有各地的风俗习惯。对于当地人而言，遵守当地的风俗习惯做事，是再自然不过了，但是对外地人而言，可就不是那么简单的事。

公元一六〇一年，意大利传教士利玛窦到中国。为了融入中国风俗，他穿起了士大夫的衣服，自称"西儒"。在中国，崇拜祖先是一件重要的事，而这一点和天主教不拜偶像的信仰看似冲突。利玛窦秉持着崇拜祖先代表的是一种尊敬而非信仰的理由，认为中国的崇拜祖先没有违反天主教教义。他的做法被称为"利玛窦规矩"而被其他传教士所奉行。

《礼记》说:"入竟(境)而问禁,入国而问俗,入门而问讳。"到别人的国家要问清楚禁忌与风俗,到别人家里也要问明别人的家里有什么忌讳。前者已是共识,后者却时常被忽略。

　　即使是同一个地区的人,不同家庭也可能有不同习惯。若只是偶尔到别人家中做客倒是小事,若是缔结婚姻的两个家庭还不懂得尊重对方家庭的忌讳,那就难免发生冲突了。有时候,别人不会明说家中的忌讳,那时就要在私下场合中观察。无论是朋友还是夫妻,多一分留意,就多一分尊重。

名句的诞生

物之相资[1]者，不可相无；物之相害者，不可相有。两不可相无，则不得不合；两不可相有，则不得不争。合之者欲其两全也，争之者欲其一胜也。

——卷九·《里克谏晋侯使太子伐东山皋落氏》

完全读懂名句

1. 资：依存、凭借。

语译：互相依存的事物，不可偏废一方；互相冲突的事物，不可共同存在。在两者不可偏废的情况下，就不能不合作；在两者不可共存的情况下，就不能不争斗。合作的希望能够两相保全，争斗的希望只有一方获得胜利。

名句的故事

在晋国的骊姬之乱中，里克扮演了重要的角色。骊姬是晋献公的宠妃，她一直想劝晋献公废掉太子，改立自己的儿子奚齐，不过，大夫里克却是她最大的阻碍。晋献公故意派太子申生去讨伐戎狄，希望申生战死沙场。里克劝晋献公说："领兵时不能独自发号施令就没有威信。太子不请示国君就独自发号施令，这就算是不孝。由

物之相资者，不可相无；物之相害者，不可相有

太子领兵，就会面对这种两难的局面，所以不应该派太子去作战。"晋献公不听里克的建议，所以里克劝申生全心尽孝，不要在意自己太子的地位是不是会被废掉。

里克这段话说得合情合理，所以宋代的吕祖谦称赞他能够调和父子的关系，算是懂得"柔"的道理。

骊姬怕里克阻止她的阴谋，于是派优施去游说里克。里克不愿同谋，却也不敢反对，于是答应保持中立。有了里克的允诺，骊姬用计害死申生，晋国因而陷入内乱之中。

吕祖谦认为里克明知骊姬的"邪"及申生的"正"，却不敢仗义而行，可见他不懂得"刚"的道理。他说："物之相资者，不可相无；物之相害者，不可相有。"父子的关系，是属于"不可相无"的；正邪的关系，是属于"不可相有"的。吕祖谦认为，里克因为自身"长于柔而短于刚"的性格，所以在骊姬之乱中进退失据。

历久弥新说名句

美国哲学家弗洛姆说："人一生的任务在于一面实践自己的个性，一面超越自己的个性。"关于这一点，宋朝的吕端是个很好的例子。吕端是宋太宗时的宰相。任用他之前，宋太宗询问群臣的意见，许多人说吕端个性糊涂，宋太宗却说："吕端这个人在小事上糊涂，在大事上却不糊涂。"

吕端的糊涂是怎么一回事呢？他曾奉派出使高丽，在途中遇到暴风雨。即使风大到吹断了船的桅杆，吕端还是自顾自地读书，不知大难临头。他在做官上也糊涂，升官就升官，贬官就贬官，他完全不当一回事。在金钱上，吕端就更糊涂了。他既不特别存钱，也不找门路赚钱，以致家产匮乏，连兄弟都沦落到变卖田宅的地步。

吕端的不糊涂又是怎么一回事呢？他推荐正直的寇准为宰相，自己屈居在他之下；他也谨慎服侍太子赵恒；并且在宋太宗病危时，他又看穿李皇后的阴谋，让赵恒得以顺利即位。赵恒就是后来御驾亲征，击败辽国的真宗。

糊涂是吕端的个性。他把个人名利当成小事，糊涂看待，这是实践他的个性；他把国家利益当成大事，谨慎看待，这又是超越他的个性。

王者之所忧，伯者之所喜也

名句的诞生

王者之所忧，伯者之所喜也；伯者之所喜，王者之所忧也。王者忧名，伯者喜名。名胡为而可忧耶？不经桀之暴，民不知有汤；不经纣之恶，民不知有武王。

—— 卷九·《齐侯戍曹迁邢封卫》

完全读懂名句

语译：称王的人所忧虑的，正是称霸的人所喜欢的；称霸的人所喜欢的，正是称王的人所忧虑的。称王的人忧虑名声，称霸的人喜欢名声。名声为什么值得忧虑呢？没经过夏桀的残暴，人民就不会知道有商汤存在；没经过纣王的恶行，人民就不会知道有武王的存在。

名句的故事

卫懿公喜欢鹤，以至于把鹤封为大夫。公元前六六〇年，狄人攻打卫国，国人不肯打仗，讽刺说："享有禄位的是鹤，派鹤去打仗就行了，何必要我们呢？"卫懿公不得已亲自领兵作战，兵败而死。卫国国都被攻破后，只有七百多个人渡过黄河。这些人拥立戴公在曹邑即位。齐桓公除了派兵防守曹邑以外，又送了戴公许多东西。

第二年，齐国帮卫国筑城。

公元六六二年，狄人攻打邢国，齐桓公联合宋国、曹国前往营救，并把邢国迁到夷仪，不仅分文未取，还替邢国筑城。这两次筑城的义举得到《左传》的赞美："邢迁如归，卫国忘亡。"意思是说，齐国对两个小国的照顾周到，不仅使得邢国的迁移就像回家一样自在，也使卫国忘记亡国之痛。

对于齐国的两次义举，吕祖谦很不以为然。他觉得齐桓公隔了好一阵子才替他们筑城，是故意让两国饱经痛苦，这样才会更加感激齐国的恩德，所以他说："王者之所忧，伯者之所喜也。"指出称王者的用心在于害怕百姓受苦，宁可不要百姓的感激；称霸者的用心则在于希望百姓受苦，借此博取更多的感激。

吕祖谦又接着说："王者恐天下之有乱，伯者恐天下之无乱。""恐天下之无乱"就是"唯恐天下不乱"，这句话更清楚点出有心人的真正想法。

历久弥新说名句

北宋时，有一位大臣名为张咏。有一次他写下了两句诗，随手搁在书桌上，就出去了。这时，他的朋友萧楚前来拜访，因为张咏不在，他就在书房里等待。等着等着，他看张咏的桌上摆着一张诗稿。诗稿上写着："独恨太平无一事，江南闲杀老尚书。"

萧楚看了诗稿，心里一惊，就提笔把诗稿上的"恨"字改成了"幸"字。改完后，他见张咏迟迟没有回来，就先告辞离去。

张咏回家后，坐到书桌前，却看到他的诗稿被人涂改的痕迹，问道："是谁改我的诗？"他的亲信不敢隐瞒，于是说出实情。张咏向萧楚质问这件事，萧楚说："您位高权重，随时有小人等着看您垮台，能不小心吗？现在天下太平，可是您却对此怀恨，这无疑是引祸上身吧！"听了萧楚的话，张咏连忙道谢。

　　乱世出英雄，相反，天下太平，就少了立功的机会，这是张咏引以为恨的原因。在现今的社会，利用混乱而谋利的人所在多有。社会越乱，可以吸引人的新闻就越多，因此才会发生某些记者为此，不惜制造假新闻的行径。

　　意大利谚语说："西红柿红了，医生的脸就绿了。"意思除了指西红柿有益健康之外，也暗指医生会因为太空闲，以至于门可罗雀。

名句的诞生

谏之用，在于君未喻[1]之前，而不在君已喻之后。此人臣事君之常法也。然君已喻而不谏，其名一，其实二。已喻而不为耶[2]，是不待谏；已喻而不改耶，是不当谏。

——卷九·《晋荀息请假道于虞以伐虢》

完全读懂名句

1. 喻：明白。

2. 耶：句末语助词，无义。

语译：劝谏的作用，是发挥在国君还不明白之前，而不在国君已经明白之后。这是臣子侍奉国君的一般道理。然而，国君已经明白就不再劝谏，说法虽然只有一种，情况却可以分成两种。国君已经明白却不去做，那就不必再劝谏了；国君已经明白却不去改，那就不应该再劝谏了。

名句的故事

公元前六五八年，晋国用骏马和宝玉贿赂虞国，希望能够借路去攻打虢国。

虞国的大夫宫之奇向国君劝谏："虞国和虢国的关系，就像是嘴唇和牙齿的关系。失去了嘴唇，牙齿就会受

谏之用，在于君未喻之前，而不在君已喻之后

115

寒。同样的，虢国被消灭了，虞国也好不到哪里去。"

听了宫之奇的话，虞国国君满不在乎地说："我国姓姬，晋国也姓姬。晋国怎么可能攻打我们呢？"宫之奇说："虢国也姓姬。晋国国君连关系亲近的族人如桓叔、庄伯等都杀害了，又怎会放过关系疏远的虞国呢？"

虞国国君不肯接受宫之奇的说法。他说："我用心祭祀，一定会得到神明的庇佑。"宫之奇不客气地说："神明只会庇佑有德行的人。"对于宫之奇的一再劝谏，虞国国君只当没听到，最后果然被晋国所灭。

吕祖谦认为，宫之奇所说的话，虞国国君其实都懂。他只是受到骏马和宝玉的利诱，所以执迷不悟。宫之奇不清楚这一点，所以他的劝谏并没有什么作用，这就是："谏之用，在于君未喻之前，而不在君已喻之后。"

当宋太祖要求吴越配合攻打南唐时，南唐君主曾对吴越国君说："今天南唐被消灭了，明天就轮到你吴越了。"吴越国君并未听从。

其实，吴越何尝不知道这个道理，只是他知道，即使和南唐联合，也无法对抗宋朝，既然如此，不如配合宋朝，还能换取暂时的安定。

历久弥新说名句

希腊哲学家毕达哥拉斯曾经引用古诗说："做自己感情的奴隶比做暴君的奴仆更为不幸。"做暴君的奴仆还有反抗的可能，做感情的奴隶往往越陷越深。

《聊斋志异》里有一个故事：有一位名为高蕃的读书人，

他拒绝了多门亲事，娶了自小青梅竹马的樊江城为妻。婚后两人感情欠佳，因为江城很容易生气，常责骂高蕃。高蕃的父母知道了，责备儿子不该太软弱，被江城听到了，反而变本加厉，有时甚至把高蕃赶出房外，让他只能整夜抱着膝盖，窝在走廊下。

高蕃的父母看不下去，逼樊江城回娘家。隔了一阵子，高蕃遇到了岳父。在岳父的力邀之下，在岳父家见到了江城。两人再度复合。

过了一段时间，江城回到高蕃家中，继续虐待高蕃。她的父亲来劝她，被她骂了回去。不久，江城的父母死了，江城非但不回娘家吊祭，反而怀恨于父亲的劝谏。

即使江城虐待高蕃的手段越来越凶残，不但动棍子，甚至还动刀，高蕃就是离不开她。到后来，连高蕃的父母都看不下去而离开，友人也渐渐不和他往来。小说的最后，安排了一位老和尚来解决高蕃与樊江城前世的怨仇。

不过，现实生活中，又怎么可能如此幸运呢？无论是妻子虐待丈夫，或是丈夫虐待妻子，都必须靠自己看清楚这段感情，而不是归究命运的作弄而消极接受不合理的对待。自己看不开、想不透，别人的劝阻当然有如马耳东风了。

王道之外无坦途，举皆荆棘；仁义之外无功利，举皆祸殃

名句的诞生

世之诋伯者，必曰尚功利。五伯桓公为盛，诸子相屠，身死不殡。祸且不能避，岂功利之敢望乎？是知王道之外无坦途，举皆荆棘；仁义之外无功利，举皆祸殃。彼诋伯以功利者，何其借誉之深也。

——卷九·《齐寺人貂漏师》

完全读懂名句

语译：世俗在批评称霸者的时候，一定会说他们崇尚功利。春秋五霸中，以齐桓公为最强大，但是他的儿子却互相残杀，他自己死后还不得入殓。连灾祸都无法避免了，哪里敢奢望功利呢？因此知道除了圣王之道外，没有平坦的路可言，全都是荆棘丛生之路；除了仁义之外，也没有功利可言，全都是灾难祸事。那些批评称霸者太过功利的，也实在是太高估他们了。

名句的故事

齐桓公听从了鲍叔牙的建议，决定重用管仲时，管仲就先和齐桓公约好：国君绝不能干涉他管理国政，他则绝不去阻挠国君尽情享乐。换言之，这等于是一场快乐与权力之间的交易。乍看之下，齐桓公与管仲各取所需，

皆大欢喜，实际上却没有那么简单。

齐桓公是个好色的人，希望有个有力的男人帮他管理后宫，却又担心这个男人会和他的妻妾发生暧昧关系。竖刁知道了这件事，就拿刀阉割了自己，让齐桓公能够把后宫放心交给他照料。管仲知道竖刁是个小人，但因竖刁能够处理齐桓公好色的问题，管仲便也容他待在齐桓公身边。等到竖刁泄露军事机密，管仲才意会到，能够协助国君尽情享乐的，只能是小人。然而，要小人不干涉国政是不可能的事。于是管仲陷入两难。杀小人，齐桓公就无法尽情享乐；不杀小人，自己就无法管好齐国。在衡量利益后，管仲选择了接纳小人。于是，齐桓公的身边就全是竖刁、易牙、开方这一类的小人。管仲死后，果然这班小人作乱，齐桓公死了都不得入殓。

吕祖谦认为，只有以道德统治国家，才是正途，而遵守道德就要清心寡欲，管仲的取巧做法，终究要失败，齐桓公的下场就是很好的例子，所以他说："王道之外无坦途，举皆荆棘；仁义之外无功利，举皆祸殃。"

历久弥新说名句

俗话说："男人不坏，女人不爱。"提到坏男人，总让人想到小说《金瓶梅》里的虚构人物西门庆。据小说的设定，他是北宋末年的一间生药铺老板，平时勾结官府、抢夺财产、强占民女，几乎可以说是坏事做尽，身边围绕着一群女人。因为他的缘故，潘金莲毒杀丈夫武大郎，李瓶儿则气死了丈夫花子虚。

潘、李两人为了眼前的短暂快乐而和西门庆在一起，但是，后来呢？潘金莲为了争夺西门庆的宠爱，和其他女人钩心斗角，后来害死了西门庆，自己也因毒杀前夫一事被杀。李瓶儿带着前夫的大笔财产嫁入西门家，还是饱遭屈辱，不仅儿子被害死，自己也染病而亡。

和欠缺道德感的"坏男人"交往，或许会比较浪漫刺激，但结局往往令人惋惜，倒不如和具备道德感的"好男人"相处来得实在。法国文豪巴尔扎克说："婚姻产生人生，爱情产生快乐。快乐消失了，婚姻依旧存在，且诞生了比男女结合更宝贵的价值。"这段话或许可以作为人们在择偶时的参考。

名句的诞生

影者形之报也，响[1]者声之报也，刑者罚之报也，高下轻重，咸其自取，岂有一形而两影，一声而两响者哉？君子之用刑，当听[2]其自犯，而不置我[3]于其间。

——卷十·《会阳谷谋伐楚》

完全读懂名句

1. 响：回音。

2. 听：任凭。

3. 我：主观意见。

语译：影子是形体的反映，回音是声音的反映，刑罚是罪行的反映，或高或低或轻或重，全都是自己决定的，怎么可能出现一种形体而有两种影子，一种声音而有两种回音的情况呢？在位者施用刑罚，应该依照犯罪者的罪行定夺，不可以加入自我的主观意见。

名句的故事

公元前七四〇年，熊通杀了兄长蚡冒而即位为楚国国君。当时楚国受封的爵位为子爵，其上则有公爵、侯爵、伯爵。熊通一直认为自己的地位不够显贵，有心加官晋爵。熊通登基三十七年后，觉得楚国的国力已强，

影者形之报也，响者声之报也，刑者罚之报也，高下轻重，咸其自取

就邀集许多小国前来会盟。当时，黄国和随国抗命未到，熊通就派兵前往征讨。击败两国后，熊通自立为王，也就是楚武王。因为楚国地处偏远，加上周朝王室衰微，所以周桓王就当没有这回事，也没有加以追究。从此以后，楚国国君都自称为"王"。

楚武王传位给文王，文王传位给熊艰。熊艰想杀死弟弟熊恽。熊恽逃到随国，靠随国的力量杀了哥哥，即位为成王。楚成王十六年，齐国为了消灭蔡国而以攻打楚国为借口，向楚国兴师问罪。齐国以楚国未向周朝王室进贡包茅及周昭王巡视楚国未返为兴兵的理由。吕祖谦认为齐国不应该把周昭王巡视楚国未返的事情当作攻打楚国的借口，因为："影者形之报也，响者声之报也，刑者罚之报也，高下轻重，咸其自取。"楚国既未害死周昭王，自然不必为周昭王之死负责。

吕祖谦以为管仲应该以楚国称王的理由向楚国兴师问罪，其实，齐国本就无心攻打楚国，只是拿楚国当借口而已。若是以楚国称王的理由向楚国宣战，恐怕战争必不可免，反而不符齐国的期望啊！

历久弥新说名句

"爱之欲其生，恶之欲其死"原是人之常情，但是落实现实层面，却又不是那么合理。从前常有抓到小偷先痛打一顿的情形，甚至不乏"打死他"的助阵声。小偷固然可恶，但是，真的应该打死他吗？

民初文学家鲁迅曾写过一篇《孔乙己》的小说。小说的主角孔乙己是个连秀才都考不到的读书人。他因为性格上的瑕疵而沦落到穷困潦倒的下场。为了活下去，他跑到丁举人的家里偷东西，结果被人发现，打断了两条腿。从此之后，孔乙己只好用双手走路，后来连怎么死的都没有人知道。偷东西固然可恶，但是孔乙己的下场并不会让人有大快人心的感受，因为他罪不至死。

法官判决讲究"比例原则"，小罪则轻罚，大罪则重罚。唐朝名臣魏徵说："罚所及，则思无因怒而滥刑。"这句话可以说是法官判决时应有的基本态度。不过，小罪不宜重罚，大罪则不应轻罚甚至不罚，这也是同样必要的。

怠善而长奸者，莫如徇时之说

名句的诞生

怠善而长奸者，莫如徇时[1]之说。是说之行于世，不知其几年矣。持之有故也，举之有证也，辨之有理也，无惑[2]乎倾天下[3]而从之也。

——卷十·《楚伐郑》

完全读懂名句

1. 徇时：顺应时势。徇，顺应，音"xùn"。

2. 无惑：难怪。

3. 倾天下：全天下。

语译：让人对做好事感到心灰意懒而助长坏人气焰的，莫过于顺应时势的说法了。这种说法流行在世间，不知道有多少年了。不但讲起来很有道理，而且可以举出许多例证，分析起来更是合乎情理，难怪全天下都会相信这种说法。

名句的故事

孔叔和申侯都是郑国大夫，性格却截然相反。

孔叔是个守信的人，公元前六五七年，楚国攻打郑国时，郑文公想求和，却遭到孔叔的反对，理由是齐国已经答应援助郑国，这时候求和就辜负了齐国的好意，后来齐国果然逼得楚国立盟退兵。

两年后，诸侯会盟阻止周惠王废太子。郑文公受到周王的挑拨而打算亲附楚国，不参加会盟，孔叔再三劝阻无效。

公元前六五三年，齐国果然为了这件事而攻打郑国。为此，郑文公杀了出身于楚国的申侯以讨好齐国。

申侯是个反复无常的小人。齐国领兵援助郑国而来到楚国边境，逼楚国退兵。齐国准备回去时，陈国大夫辕涛涂跑来找郑国大夫申侯，说："齐国的军队如果从我们陈国及你们郑国之间回去，我们两国为了犒劳军队，一定会花费很多。"

申侯虽然表示赞成，但在齐国接受辕涛涂的建议后，却又力劝齐国改走陈国、郑国之间的路线，还害得辕涛涂被俘。

为了报复申侯，辕涛涂故意建议申侯建筑高城，并对郑文公说申侯准备谋反，为后来郑文公牺牲申侯以讨好齐国一事埋下种子。后来申侯劝郑文公不要参加会盟，更是直接导致自己被杀的主因。

吕祖谦借着申侯因背信而丧命，以及孔叔因守正而免祸这两件事批评世俗"徇时者通，忤时者穷"的说法，强调只有信守正道才是真理。

历久弥新说名句

历史上，恶有恶报固然不乏其例，但是好心没好报的例子也不少，《史记》的作者司马迁就曾在《伯夷叔齐列传》中批评"天道不亲，常与善人"的说法。

既然如此，到底是"善有善报"说得对，还是"好心没好报"说得对，又或许两种说法都不对呢？

125

翻开《宋史·奸臣传》。传中列举了十五位奸臣和他们的子弟等七人，总共二十二人。试举数例：北宋的吕惠卿是新党的代表人物，他陷害忠良，以致招来骂名，即使奸相当权，也不愿任用他。北宋末年，蔡京掌权，搜刮民脂民膏，无恶不作，后来死在流放途中，百姓还是觉得太便宜他了。

南宋末年的贾似道只知道争权夺利，为南宋敲响了丧钟，后来在流放途中被自愿押送他的郑虎臣所杀。

宋朝历史上的奸臣难道只有这些人？因奸恶而不得善终的又何止这些人？历史上记载的是恶行特别重大的人而已。若是一一列举因奸恶而被杀的小人，恐怕再加上千百倍的篇幅也不够记载。

凡事都有例外，就连"善有善报，恶有恶报"这个道理也是如此。然而，人们的心里总在追求公理正义，有一个善人得不到善报，人们就会觉得遗憾，有一个恶人没遭到恶报，人们也会觉得愤怒不平。这就是人们常质疑"善有善报，恶有恶报"的理由吧！

名句的诞生

爱而知其恶者，天下之至善也，亦天下之至不善也。凡人之情，有所爱则有所蔽[1]，有所蔽则有所忘[2]。不蔽不忘，卓然[3]知其恶于深爱之中，惟天下至公者能之，何以反谓之大不善乎？知而远之，善之善也；知而近之，不善之不善也。

——卷十·《楚文王宠申侯》

完全读懂名句

1. 蔽：蒙蔽。

2. 忘：疏忽。

3. 卓然：特出而不受影响的样子。

语译：爱着对方却知道对方的不好，这是天下最好的，也是天下最不好的。大凡人之常情，心中有爱就会受到蒙蔽，受到蒙蔽就会有所疏忽。不受到蒙蔽，也就不会因此疏忽，知道对方的缺点还能爱着对方，只有天底下最无私的人才能做得到，可是为什么反而说是最不好的呢？因为知道对方的缺点而远离他，这样还算好；知道对方缺点却还亲近他，这是最不好的。

名句的故事

楚文王的女儿嫁到申国，生下了申侯，后来申国被消灭了，申侯就回

知而远之，善之善也；知而近之，不善之不善也

到楚文王的身边，并因为能言善道而得到楚文王的宠爱。

公元前六七五年，楚文王生了重病。他知道自己将不久于人世，就找来申侯，对他说："我知道你是个贪心的人，永远不会有满足的时候。我在的时候，你要什么我都可以满足你。一旦我不在了，继位的人绝对不会允许你这样予取予求的。我死了以后，你就快点离开楚国。记住，要到大一点的国家，不要到小国，否则你也不会被接纳的。"

申侯离开楚国之后，到了郑国，果然得到郑厉公的宠幸。郑文公时，申侯因为建筑大城而犯忌被杀。楚国大夫子文听说了这件事，想到楚文王临终前的那一段话，于是感慨地引用古人的话说："知臣莫若君。"

楚文王不是知道申侯是忠臣而任用他，而是知道申侯是奸臣却还是宠幸他。

除了楚文王以外，还有唐玄宗也是如此。唐玄宗曾评论李林甫是个"妒贤嫉能"的小人，却还是让他当了十几年的宰相。

李林甫掌权时，不但陷害颜真卿等忠臣，还搜刮财货，后人视他为唐朝由盛转衰的关键人物。对于楚文王及唐玄宗两人任用小人的做法，吕祖谦批判两人说："知而远之，善之善也；知而近之，不善之不善也。"

历久弥新说名句

"爱而知其恶者"一词出自《礼记·曲礼》。在"情人眼里出西施"的心理影响下，"爱而知其恶者"确实不容易，但如《东莱博议》里所说的"知而近之"，却也不乏实例。

唐人蒋防的作品《霍小玉传》描写了痴情女错爱负心汉的

故事正是如此。名歌舞伎霍小玉爱上书生李益，与李益私订终身，却对他说："我因为姿色而得到你的喜爱。等我年老色衰时，一定会被你抛弃的。"李益再三安慰霍小玉，并用纸笔写下誓约，交给霍小玉收藏。后来，李益中进士而当了官，准备回家探亲。临别时，霍小玉对李益说："我知道你立下的誓约不过是空谈而已，所以我只希望能和你厮守八年。八年之后，任由你娶其他女子，我则出家为尼，从此远离凡尘。"李益再三保证忠贞不二，但李益回乡后，立刻抛下霍小玉，和官宦之女成亲。霍小玉苦苦等候李益，终至相思成疾。一位侠士同情霍小玉的遭遇，把李益押到霍小玉面前。霍小玉见到李益，愤言道："我不负君，君竟负我，心已碎，肠已断，万念俱灰。"说完，悲哭两声之后，气绝魂飘。

从故事中可以看出霍小玉自始至终都知道李益不是一个可靠的人，却还是心甘情愿为爱牺牲奉献，并且委以终身。正如知名小说家张爱玲曾说："一个人最大的缺点，不是自私、野蛮、任性，而是偏执地爱着一个不爱自己的人。"

心外有道，非心也；道外有心，非道也

名句的诞生

举[1]天下之物，我之所独专而无待于外者，其心之于道乎？心外有道，非心也；道外有心，非道也。心苟[2]待道，既已离于道矣；待道且不可，况欲待于外哉？

——卷十·《齐桓公辞郑太子华》

完全读懂名句

1. 举：全。

2. 苟：如果。

语译：全世界的东西，完全取决于自己而不须依赖外物的，大概只有符合常道的本心。心外有道，那就不是本心；道外有心，那就不是常道。本心如果要依赖道，那就已经离开常道了；连依赖道都不可以了，何况是依赖外物呢？

名句的故事

《东莱博议》的作者吕祖谦是朱熹的好友，也是陆九龄、陆九渊兄弟的好友。朱熹重视"道问学"，强调要多读书以学习道理；二陆兄弟则主张"尊德性"，强调学习道理只需要正视自己本有的善心，不一定要多读书。前者被称为"理学"，后者被称为"心学"，

130

两派的主张扞格不入，形同水火。

吕祖谦夹在"理学"与"心学"之间，有心调和两者，于是出面邀请双方在江西的鹅湖寺会面。这次会面后人称之为"鹅湖之会"，是中国哲学史上一次重大的论辩。双方辩论了三天，彼此针锋相对，谁也不能说服对方。宋朝，朱熹所提倡的"理学"略居于上风，但二陆兄弟，尤其是陆九渊所主张的"心学"仍有一定的影响力。到了明朝，"心学"才被大哲学家王守仁发扬光大。

《左传·僖公七年》记载，齐国因郑国背盟一事而准备攻打郑国。郑国太子私下对齐国说，只要齐国帮忙除掉他的政敌，他就愿意让郑国成为齐国的附庸国。管仲以答应郑国太子的要求会招致批评而劝阻齐桓公。吕祖谦读到这段史事时，认为管仲应该激发齐桓公的善心而不应该只是用外在的批评制约他，并因此想到陆九渊主张的"心学"，而写下"心外有道，非心也；道外有心，非道也"这段文字。

历久弥新说名句

吕祖谦说："心外有道，非心也；道外有心，非道也。"他又进一步表示行善是为了自己，而不是为了博取美名或是为了其他外在的因素，否则就难以持久。

清代蒲松龄所撰的《聊斋志异》收录许多仙狐鬼怪的故事，书里的第一篇故事是《考城隍》。故事写一位宋姓秀才在病中被神秘的官差接去考试，他在试卷写下"有心为善，虽善不赏；无心为恶，虽恶不罚"的句子，因而大受赞赏，并被告知他已考上"城隍"。由于"城隍"是阴间的官职，宋秀才因此知道自己已经往生了。

　　"有心为善，虽善不赏；无心为恶，虽恶不罚"这段话看似合情合理，其实似是而非。就"无心为恶，虽恶不罚"一句来说，这话若是合理的话，像过失伤害、过失杀人这类罪名就不该存在，试问，这样合乎公理吗？

　　大凡做事，可分动机和结果两个层面来谈。即使动机是好的，结果不一定是好的；结果是好的，动机也不一定是好的。既有行善的动机，又有了成就善事的结果，固然值得嘉许。不过，为了鼓励行善，纯粹行善的动机应该嘉许，但成就了善事的结果也值得嘉许。既然如此，"有心为善，虽善不赏"的说法就难以令人苟同。

名句的诞生

无故而为骇世之行，求名之尤者也，宋襄公之逊[1]于子鱼是也。以统则正，以亲则嫡[2]，以势则顺，无故而欲推之他人，非求名果何说也？

——卷十·《宋太子兹父请立子鱼》

完全读懂名句

1. 逊：让位。

2. 嫡：正妻所生的儿子。

语译：毫无来由地去做惊世骇俗的事情，那是因为太过于追求名声，例如宋襄公让位给子鱼就是这样的情形。就世系来看，宋襄公是正统；就亲疏来看，宋襄公是嫡子；就情势来看，宋襄公顺理成章应该继位。没有任何理由想将君位让给他人，不是为了追求名声，又是为了什么？

名句的故事

尧舜的"禅让政治"一直被后世看作是圣人的行为，也不乏效法的人，宋襄公就是其中之一。

尧因为自己的儿子丹朱不贤能而让位给舜，舜则感激尧的让位而把天下传给贤能的禹。就尧而言，让位给舜，一来可以让天下百姓受益，二来也可以保全自己的儿子，不致因为天下动乱而遭祸。就舜而言，他一直认为天下不是他的，而是尧托他代管，所以他本想把天下还给尧的儿子丹朱，因为天下人的反对而让给禹。禅让政治因而为后世所传颂。

宋国是商朝的后代，商朝的开国君主汤王曾经想把天下让给务光。这是因为他本因为夏桀的残暴而起兵革命，若因此而夺取天下，恐怕会让人怀疑他的革命是出于私心。更何况，杀害自己的君主，总是于理有亏，所以他打算把天下让给贤能的务光。务光认为汤王把天下让给他，等于是要把夺占天下的罪责推给他，对他是莫大的侮辱，所以跳河自尽。

宋襄公不懂前代圣人让位的缘由，只觉得让位就可以获得美名，所以他毫无来由地让位给子鱼。不过，吕祖谦一眼就看出宋襄公沽名钓誉的企图，所以他说："无故而为骇世之行，求名之尤者也。"宋襄公有心为善，却连什么是善都不清楚，难怪会惹来后世的讥讽。

历久弥新说名句

魏晋时的名士喜欢做一些惊世骇俗的行为来博取名声，如晋朝的郝隆在农历七月的大热天里脱了衣服仰躺在院子里晒太阳。旁人见他行为怪异，忍不住问他缘故，他说："我在晒我肚子里的书。"这件事记载在《世说新语》里（郝隆的本意应该是讽刺世人买书而不读书）。书中并未提到旁人的反应，不过，依常理判断，能理解他话中有话的人恐怕不多。

明朝也有不少喜欢搞怪的读书人。有一个名叫翟耆者的人，平常喜欢穿着唐朝的服饰。他的朋友许彦周很不以为然。有一次翟耆拜访许彦周，看见许彦周光着上身，只穿着丁字裤，踩着高跟鞋出来迎接。翟耆惊讶地看着他，半天说不出话来。许彦周说："我穿的是晋朝的服装，有什么好奇怪的。"由于晋朝的名士喜欢穿着奇装异服，所以许彦周故意说自己穿的是晋朝的服装，用来羞辱喜欢穿唐朝服装的翟耆。翟耆本想表现自己的与众不同，没想到却因此受到侮辱，这恐怕是他始料未及的！

吕祖谦说："无故而为骇世之行，求名之尤者也。"特立独行可以让人出名，不过，波斯诗人萨迪说："只有善行才会带来名誉。"嘉言善行带来的名声才是美好而能流传后世的。

所期既满，其心亦满，满则骄，骄则怠，怠则衰

名句的诞生

桓公素所期者，及葵丘之会悉偿所愿，满足无余。种之累年，而获之于今日，信[1]可谓不负所期矣。所期既满，其心亦满。满则骄，骄则怠，怠则衰。近以来[2]宰孔[3]之讥，远以召五公子之乱。孰知盛之极乃衰之始乎？

——卷十一·《会于葵丘寻盟》

完全读懂名句

1. 信：实在。

2. 来：招致，动词。

3. 宰孔：周朝的太宰，或称宰周公。

语译：齐桓公平日所期望的事，到了葵丘之会全部达成心愿，完全满足没有遗漏。经过多年的耕种，而能够在今天收获，实在可以说是不辜负从前的期望了。所期望的事得到满足，他的心里也得到满足。满足就会骄傲，骄傲就会怠惰，怠惰就会衰败。就近处来说，是招致宰孔的讥讽，就远处来说，是招来五公子的乱事。谁知道最兴盛的时候，就是衰败的开始呢？

名句的故事

公元前六五一年，齐桓公召集了鲁国、宋国、卫国、郑国、许国、曹国等各国在葵丘会盟。

这是一次盛大的会盟行动，除了许国、曹国等小国战战兢兢、谨慎以对之外，连平时极为嚣张跋扈的晋献公都不敢马虎，出发前就为车涂油并喂饱马匹，加速上路，生怕迟到。

盟会上，周天子派宰孔把祭肉赐给齐桓公，并说："您德高望重，天子特别恩赐你，接受祭肉时不用下拜。"听了这话，齐桓公十分得意，但还是装出忠心谦让的样子，坚持下拜。

宰孔在完成周天子交办的任务后就先行离开了。在路上，宰孔遇见了前来参加会盟的晋献公。他对晋献公说："齐国国君忙着到处征伐。在北方攻打了山戎，在南边攻打了楚国，在西边则用这次会盟来确定他的势力。现在还不知道他会不会在东方有所行动，但是可以肯定的是，他不会对西边用兵，所以你可以放心回国了。"听了宰孔的话，晋献公就回国了，没有参加会盟。

吕祖谦认为，这次会盟代表齐国的国力已经达到巅峰。他从前想要当霸主的愿望已经完成，像月圆则亏的道理一样，从此之后，齐国的国势就开始走下坡。

吕祖谦评论齐桓公说："所期既满，其心亦满。满则骄，骄则怠，怠则衰。"认为齐桓公的志向不够远大，所以才会走向衰败。

历久弥新说名句

吕祖谦说："所期既满，其心亦满。满则骄，骄则怠，怠则衰。"诸葛亮也说："志当存高远。"类似的名言佳句还有很多，都是鼓励人们立志要远大。然而，对于中兴汉室的光武帝刘秀而言，就全然不是那么一回事了。

刘秀是汉朝王室的后裔，家境不错，自幼住在南阳。他很喜欢同乡女子阴丽华，一直希望娶她为妻。

有一次，他到了繁华长安城，看见京城里禁卫军的声势浩大，心里很是羡慕，于是立志成为禁卫军的队长执金吾。他说："仕宦当作执金吾，娶妻当得阴丽华。"

刘秀的志向很平凡，不过就是希望有个称头的职业和美丽的妻子罢了。没想到，居然当上皇帝。

当时，王莽乱政，导致民怨四起。刘秀加入绿林军，对抗政府军。由于刘秀能力杰出，逐渐建立自己的势力。这时，他的志愿绝对不只是"执金吾"或"阴丽华"而已了。

事实上，刘秀确实娶了阴丽华，但为了某种政治目的，他隐瞒了这个事实，另外娶了结盟对象的外甥女郭圣通为妻。后来，刘秀称帝，更是远超过他原本"执金吾"的志愿。

人不能不立志，更不能不谨慎立志。不过，局势在变，人也应该适当调整自己的目标。如果达成了原本设定的目标，不妨更上一层楼。

名句的诞生

吾未闻种稗[1]而得谷者也；吾未闻植棘而得槚[2]者也；吾未闻造酰[3]而得醪[4]者也；吾未闻网鱼而得禽者也；吾未闻学墨而得儒者也；吾未闻图伯[5]而得王者也。失其始而求其终，理之所必无也。

——卷十一·《晋献公使荀息傅奚齐》

完全读懂名句

1. 稗：杂草，音"bài"。

2. 槚：树名，可用来做棺木，音"jiǎ"。

3. 酰：醋，音"xiān"。

4. 醪：酒，音"láo"。

5. 伯：通"霸"。

语译：我没听说过种杂草可以收成稻谷，没听说过种荆棘可以长成槚木，没听说过酿醋可以变酒，没听说过撒网捕鱼可以抓到飞鸟，没听说过学习墨家的学说可以知道儒家道理，没听说过希望称霸却反而称王。一开始就做错，却希望有好的结果，这种道理是绝对不可能有的啊！

名句的故事

晋献公很宠爱儿子奚齐，所以让贤能的荀息当他的师傅。奚齐的母亲

失其始而求其终，理之所必无也

骊姬害死太子申生，让自己的儿子奚齐继位。国人不服，于是大夫里克杀了奚齐。荀息认为奚齐虽死，但是还有他的弟弟卓子，就改立卓子为国君。里克又杀卓子。荀息觉得自己有愧于晋献公的托付，因而自杀。

晋国发生内乱，秦穆公插手干预，准备把晋国公子夷吾送回国内。秦国的大夫认为夷吾道德不佳，不适合当国君。

秦穆公以为，晋国是自己的竞争对手，让一个道德不佳的人当晋国国君，反而对秦国有利，于是坚持送夷吾回国。夷吾回到国内成为晋惠公，不但立刻过河拆桥，甚至恩将仇报，秦国因此吃了不小的亏。

晋惠公当初为了回国，答应割让土地给秦国。等他回到国内，立刻反悔。后来晋国发生饥荒，向秦国求援，秦国不计前嫌，慷慨解囊。

第二年秦国发生饥荒，向晋国求援，晋国不但不加援助，反而趁火打劫。为了这些事，秦国在盛怒之中和晋国开战，俘虏了晋惠公。

对于这一连串的史事，吕祖谦认为他们一开始就做错了，荀息不该答应要辅佐奚齐，秦穆公不该送没道德的夷吾回国，晋惠公则不该恩将仇报。开始做错了，就不会有好的结果，所以他说："失其始而求其终，理之所必无也。"强调"慎始"的重要性。

历久弥新说名句

英国诗人亚历山大·蒲柏曾说："同样是抱负，它能毁灭一切，也能拯救一切；它能产生恶徒，也能造就爱国者。"若是立错志向，走错了路，往往都不会有好下场，像清代进士李振业就是一例。

在科举时代，必须经过重重关卡才能考举人、中进士。李振业年纪轻轻就考中了进士，可以说是少年得志。

顺治皇帝派李振业当顺天府的乡试主考，他本来可以用心选拔人才，为国家做事。然而，从李振业考上进士后，他的目标就是要建立个人的势力。为了达到这个目标，他打算提拔交游广阔的考生张汉。

李振业把自己爱妾李氏送给张汉以示好并监视他。李振业对李氏说："你可以叫张汉去找几个有心又有钱的考生，开价六千两，你我对分。"

李氏就去找张汉帮忙。想不到，张汉却对李氏说："给别人赚不如让自己赚。六千两由你我对分，如何？"李氏再把张汉的话告诉了李振业。李振业因此知道张汉不可靠，就故意让他落榜。

张汉落榜后，就向京城告发了李振业贪污舞弊一事。经过调查之后，相关单位掌握了李振业贪污舞弊的证据，李振业因而被处斩，家产全部被没收，家人遭到流放。

李振汉一开始立志时就存了私心，即使未曾遇上张汉，也终将没有好下场。原因就是："失其始而求其终，理之所必无也。"

辞受既不可中悔，予夺其可中悔乎

物在彼则谓之辞[1]受[2]，物在我则谓之予[3]夺[4]，一名而二实者也。辞受既不可中悔，予夺其[5]可中悔乎？

——卷十一·《楚子赐郑伯金》

完全读懂名句

1. 辞：推辞。

2. 受：接受。

3. 予：给予。

4. 夺：剥。

5. 其：难道，通"岂"。

语译：东西在别人那儿，才可以说是推辞或是接受；东西在自己这里，就要说是给予或是剥夺。同样的一个名称，却要分成两种情况而论。推辞或接受既然不可以中途反悔，给予或剥夺难道就可以中途反悔了吗？

名句的故事

公元前六四二年，郑文公到楚国朝见楚成王。楚成王赐给他一些铜矿，不久却后悔，要求郑文公绝对不可以拿来铸造兵器。

公元前五三五年，楚灵王在新台这个地方招待鲁昭公。楚灵王送给鲁

142

昭公一张价值不菲的宝弓。礼物送出去以后，他竟然觉得有点舍不得。有一位楚国大夫知道了国君的心意，就跑去见鲁昭公，对他说："恭喜！恭喜！我们国君送您一张宝弓。那张宝弓名为'大屈'。齐国、晋国、越国都想要那张宝弓，我们国君却只给了您。希望您能好好保管那张宝弓，所以我特地来向您道喜。"鲁昭公想到有三个大国都可能来抢那张宝弓，越想越害怕，就把宝弓还给了楚灵王。

所谓赠送，就是把物品的管理权交给对方，绝没有那种送东西给人，却还要干涉对方怎么使用的道理。除此之外，东西送出去，就是别人的东西，不应该再要回来。吕祖谦说："辞受既不可中悔，予夺其可中悔乎？"就是在笑楚成王、楚灵王行为的幼稚。

历久弥新说名句

希腊哲学家第欧根尼说："处世须有理智和制约。"东西给了别人，本该由别人支配，但是有些人却忘了这一点，像楚成王就是。他送了铜矿给郑文公，却又干涉郑文公的使用方式。送东西给人本是为了表示友好，干涉别人却又徒增怨恨，这种做法不是很无谓吗？

"画蛇添足"是个很知名的故事。故事中说到一群人为了抢一壶酒，约好谁先画好蛇，谁就能喝那壶酒。其中一个人先画好了蛇，一面拿起酒要喝，一面又给画好的蛇加上四只脚。晚他一步画好蛇的人，看见这种情形，就把酒抢走，并说："蛇本来就没有脚，所以你画的不是蛇。酒该由我喝。"他的话看起来有道理，但是比赛早在第一个人把蛇画好时结束，他得到酒是应该的，至于他后来替蛇画脚，那已是比赛结束的事了。另一个人固然可以嘲笑他做了无谓的举动，却不该抢走本来就属于他的酒。

赠予的行为就是把东西的支配权交给别人，然而，许多人却以为东西曾经属于自己，就永远是属于自己。这样的心胸不是太狭隘了吗？至于那些用似是而非的道理，抢夺不属于他的东西的人，不是更该受到谴责吗？

社会上有许多因分手而引发杀机的刑事案件。凶手不是指责对方背叛他，就是痛骂对方不知羞耻。然而，爱情本是你情我愿的事，谁又真的是属于谁的呢？

名句的诞生

观治[1]不若观乱，观美[2]不若观恶。自古及今，蹂践残贼[3]而终不可亡者，乃天理之真在也。

——卷十一·《秦取梁新里》

完全读懂名句

1. 治：指治世。下文"乱"指乱世。

2. 美：指好人。下文"恶"指坏人。

3. 蹂践残贼：蹂躏伤害。

语译：观察治世不如观察乱世，观察好人不如观察坏人。从古到今，即使遭受蹂躏伤害却始终不会消亡的良知，乃是天理的真实所在。

名句的故事

梁国的国君好大喜功，下令百姓替他修建高大的城池，却又舍不得让百姓住进去。他让百姓住到城外，以五家为一单位，只要有一家人逃走了，就杀掉其他各家。

百姓累到受不了，梁国的国君就故意放出消息说有敌人要来进攻了，逼得百姓不得不加紧赶工。

等到城池快要盖好了，开始挖护城河的时候，梁国国君就故意对百姓

观治不若观乱，观美不若观恶

说："秦国马上就要进攻了。"这时他任由百姓逃走。等到百姓逃得差不多了，梁国的国君开心地为这座城池取名为"新里"。这是因为城池如此崭新，而没有扰攘的百姓破坏城池之美。

梁国国君自以为聪明的举动，却引来了秦国的觊觎。他万万没有想到，"秦国马上就要进攻了"这句话居然变成了事实。当秦国军队到达"新里"，空虚的城池完全没有抵抗秦国军队的能力，就这样落入了秦国的手中，梁国也就灭亡了。

秦国人进入"新里"，看到城里的一切都像新的一样，就把这座城改名为"新城"。

对于梁国国君的欺骗行为，世人都知道那是错的。然而，吕祖谦却从梁国国君的欺骗行为看出他被蒙蔽的善心。

他认为，梁国国君也知道大兴土木是不对的，所以才会找借口来替自己掩饰。吕祖谦说："观治不若观乱，观美不若观恶。"指出观察乱世、坏人的重要性。他独到的识见，确实与一般人不同，难怪会成为优秀的史学家。

历久弥新说名句

了解一个人从来就不是一件容易的事，李克曾对魏文侯说过观察一个人的方法："居，视其所亲；富，视其所与；达，视其所举；穷，视其所不为；贫，视其所不取。"这段话的意思是说，了解一个人要观察他平时和哪些人来往，有了钱会分给谁，有了地位会提拔谁，碰到困难的时候是否会不择手段，经济不佳的时候是否会连不该拿的钱也拿。其中"穷，视其所不为；贫，视其所不取"的论点正可以用来说明吕祖谦所说的"观治不若观乱，观美不若观恶"。

146

遭遇困境时仍能信守道德的，才能真正算是道德崇高的人。多数人在公众场合都会刻意表现出自己最好的一面，即使是个性不好的人，也会压抑自己，不随便发脾气。不过，如果开车上路，一连遇到十几个红灯，又碰到挡在路中央慢慢开的龟速车，而开车的人仍能微笑驾驶，不乱按喇叭，那么，这应该是一个修养很好的人吧！

无间则仁，有间则暴

名句的诞生

无间[1]则仁，有间则暴。无间则天下皆吾体，乌得而不仁？有间则独私其身，乌得而不暴？幽明也、物我也，混混[2]同流而无间者也。

——卷十二·《宋公使郐文公用鄫子》

完全读懂名句

1. 无间：没有分别心。分别心是强调自我与他人之间差别的想法。

2. 混混：流水翻腾的样子，通"滚滚"。

语译：没有分别心就会生出仁慈的心，有分别心就会生出残暴的心。没有分别心的话，那么全天下都像是自己的身体，又怎么会不仁慈呢？有分别心的话，那么就会独厚自己的身体，又怎么不会残暴呢？无形与有形，外物与自己，全都像流水翻腾一样没有区别。

名句的故事

杀人祭祀是商朝常见的宗教仪式，从近代发掘出来的考古遗迹中，每每可以发现埋着大量人骨的祭祀坑。即使到了周朝，仍有以人殉葬的情形出现。

公元一九七八年，湖北地区发现了曾侯乙墓的遗迹，墓中的殉葬者多达二十一人，而且都是十三岁到廿五岁之间的妙龄女子。

无论社会的风气如何，周朝的学者对于以人殉葬或用人祭祀一事，都采取强烈的批评。就拿孔子来说，他说："始作俑者，其无后乎！"认为殉葬俑的外形太像人类，所以他诅咒发明殉葬俑的人没有后代。

《左传》记载了好几次杀人祭祀的事情，如宋襄公让邾文公杀鄫子来祭土地神，鲁国大夫季平子在亳用人来当祭品，楚灵王杀了蔡灵侯的太子来祭冈山等。这些事情都受到了强烈的批评。

用人祭祀为什么会受到批评，那是因为人们认为杀害同类是不合道义的。到了宋朝，人们的思想有了进一步的发展，开始认为万物和自我同出于天道，本为一体。这种想法可以用北宋哲学家张载的一句话来概括："民吾同胞，物吾与也。""与"就是类的意思，指万物和我也是同类。

吕祖谦受到当代思想家的影响，于是用"民胞物与"的理论去评论杀人祭祀的事情，而提出"无间则仁，有间则暴"的说法，进一步深化"仁"的概念。

历久弥新说名句

英国小说家萨克雷在他的成名作《名利场》里说："许多有钱人的心目中压根没有良心这个东西，在他们看来，有良心反而不近人情。"没有良心不会让人变得有钱，然而有钱却可能使人变得没有良心。因为有了钱，可以买到太多的东西，到后来，什么都用金钱衡量，慢慢地，把人都看成物品，像隋末的诸葛昂就是一例。

诸葛昂、高瓒二人以豪侈残暴闻名，两人争强斗富。一日，高瓒闻名前去拜访，诸葛昂却不太理他。高瓒一气之下，故意准备酒席，邀请几十位诸葛昂的朋友赴宴，而不邀诸葛昂，想给他难看。

　　第二天，诸葛昂用更高级的酒席抢走高瓒的客人。为了表示自己的富有，高瓒无故烹杀十几岁的奴仆供客人食用，表示自己多的是钱买这种奴仆。

　　诸葛昂听说了这件事，就蒸煮了自家的侍妾，并且大口吃起来，以夸耀自己的财富。

　　晋朝的石崇也是个没良心的有钱人。他宴请宾客时，一定叫美女倒酒，只要宾客不喝，他就杀了倒酒的美女。在他的眼中，那些美女都只是他的财产而已。

　　后来，石崇因为和人比财产而被杀，诸葛昂则被上门抢钱的盗匪用火烤死。因为不把人当人看，所以他们自己也失去了生而为人的意义。

名句的诞生

亲见宪贫回夭，而不疑夭之祸善；亲见庆富跖
寿，而不疑夭之利淫[1]。虽闻速贫速朽之言[2]，
而断然[3]知其不出于夫子。虽闻血流漂杵之言[4]，
而断然知其不出于武王。盖其所知者在理不在
事，在实不在名也。

——卷十二·《卫旱伐邢》

完全读懂名句

1. 淫：指偏邪不正的行为。

2. 速贫速朽之言：曾子对有子说："老师曾经
   说过：'失去地位以后，不如早一点贫穷；
   失去生命以后，不如早一点腐朽。'"有子认
   为，这应该不是孔子的意思。经过求证后，
   果然如此。出自《礼记·檀弓》。

3. 断然：肯定的样子。

4. 血流漂杵之言：《尚书》记载，周武王讨伐
   纣王时，将士死伤很多，流下的鲜血多到连
   兵器都可以漂浮其上。孟子认为这段记载并
   不正确。

语译：亲眼见到原宪的贫穷及颜回的短命，
却不因此怀疑上天会加害善人；亲眼见到庆
封的富有及盗跖的长寿，却不因此怀疑上天
会保佑坏人。虽然听到"速贫速朽"的言语，
却肯定那不是孔子的意思；虽然听到"流血
漂杵"的说法，却肯定知道那不是周武王时发

151

盖其所知者在理不在事，在实不在名也

生的事。这是因为他们知道的是事情的道理而不是事情的表象，是事情的
实质而不是事情的虚名啊！

名句的故事

公元一○○四年，宋真宗与辽国签订了澶渊之盟，每年都
要支付大量金钱给辽国以换取和平。小人王钦若看出宋真宗急
欲挽回面子的心思，就建议宋真宗举行封禅泰山的大典。不过，
要举行封禅大典，必须等上天降下祥瑞才行，所以这件事就暂
时搁下。

有一天，宋真宗突然召集文武大臣，宣布说："我在梦中
见到一位神人。他要朕举行一场为期一个月的道场，然后上天
就会降下天书《大中祥符》三篇。朕依梦而行，果然有人回
报说在承天门上发现天书。现在众卿就随朕一同前去取下天
书吧！"

取下天书之后，各地纷纷上书要求举行封禅大典。封禅大
典结束后，宋真宗建造一座玉清昭应宫，以存放天书。建成之
后，有人认为那座宫殿甚至比秦朝的阿房宫还要豪华。宋真宗
死后，天书成为随葬品，玉清昭应宫也因雷击而焚毁，一场闹
剧就此结束。

当初王钦若劝宋真宗举行封禅大典时就说过："历史上发
生过许多次以人力招来祥瑞的事。"他倒也不是随口说说。公
元前六四一年，卫国大旱，宁庄子就劝国君攻打邢国，如此一
来，上天必然会下雨，后来果然被他说中。吕祖谦认为，那是
凑巧罢了。他认为古代的圣人："所知者在理不在事，在实不
在名也。"圣人明白天理的意义，必不会受到虚假的"祥瑞"
所迷惑。

152

历久弥新说名句

梁武帝非常崇信榼头禅师。有一天，正在下棋的梁武帝派人去请禅师。使者领命出发之前，忽然想起一件事，就询问梁武帝："请问皇上找禅师有何吩咐？"这时，梁武帝突然看到对手有一大片棋子可杀，得意的他没理会使者的问题，只兴奋地说："杀！"

使者听到梁武帝所说的这个字，误以为皇上要下令杀禅师，就到禅师的住所，处决了他。

梁武帝等了好久，禅师还是迟迟未到。他找来使者，问他说："禅师呢？"使者恭敬回答："刚才陛下指示'杀'，所以我已经处决他。"梁武帝想起刚才的事，知道这是场误会，悔不当初，但是人死不能复生，他也无可奈何。梁武帝叹了一口气，询问使者："禅师临终前有没有说什么话？"

使者说："禅师表示他上辈子当小沙弥时，用铁锹挖地，误杀了一条鳝鱼。陛下上辈子就是那条鳝鱼，所以他现在才遭到这种报应。"

禅师或许不见得相信他口中所说的因果，否则，在梁武帝的身旁时，他多的是机会弥补自己的罪过。或许他可能是用这套说法来安慰自己的无罪被杀，甚至用这套说法来劝谏梁武帝不可妄开杀戒。

十七世纪法国作家拉罗什富科说："理智应该这么使用：在不幸降临时帮助自己面对不幸，在不幸将要来临前帮助自己预见结果。"这句话说的应该是榼头禅师这样的人吧！

天下之情，不见其速，未有见其迟也

名句的诞生

天下之情，不见其速，未有见其迟也。浴[1]焉而食[2]，食焉而茧[3]，茧焉而缫[4]，缫焉而织，历数月而后得帛[5]。凡蚕者皆以为固然，不闻厌其迟也。

——卷十二·《子鱼谏宋公围曹》

完全读懂名句

1. 浴：育蚕选种的方式。

2. 食：饲养，通"饲"。

3. 茧：结茧。

4. 缫：抽茧取丝，音"sāo"。

5. 帛：丝织品。

语译：天底下的事情，没有见过特别快的，就不会觉得特别慢。蚕经过选种之后才能饲养，饲养之后才能结茧，结茧之后才能抽丝，抽丝之后才能织布，经过几个月以后才能织成布匹。凡是养蚕的人都认为这是理所当然的，没听说有人嫌此过程太慢的。

名句的故事

宋朝是一个商业发达的时代，以宋仁宗时期为例，商业的税收就占全国总收入的一半以上。唐代原本设有"坊市制度"，在城中建筑坊墙以区隔住宅区和商业区，并有营业时间的限制，规定不可以在夜里交易。

宋代以后，坊墙被拆除，这使得商业活动更加热络，营业时间也不再严格限制，北宋的汴京和南宋的临安因而出现夜市。

由于商业发达，娱乐事业也随之兴盛。城市里大量出现瓦舍、勾栏等游乐场所。从流传至今的《清明上河图》可以窥见当时的繁荣景象。在这幅名画中，河里有各种船只，路上是熙来攘往的车马，到处是歌楼、酒肆，到处是商店，士、农、工、商、医、卜、星、相等各种行业的人来往不绝。

商业虽然是宋代经济的主体，但是一般读书人仍抱持着传统"重农轻商"的观念。他们认为耕种和织布才是国家的根本，商业虽然容易获利，但如果大部分人民都从事商业，国家就会因此衰败。

吕祖谦就是抱持着"重农轻商"观念的读书人之一。当他读到《左传》提到司马子鱼劝谏宋襄公不必急于讨伐曹国的史事时，他想到世人重视商业，难道不是太过急功近利了吗？从商容易赚钱，人们就会厌弃赚钱不易的耕织，所以他说："天下之情，不见其速，未有见其迟也。"

历久弥新说名句

明初开国功臣刘伯温在他所写的《郁离子》一书中，写过两则寓言。

第一则寓言：周朝有一个人喜欢穿着华丽衣服出外，只要对衣服有不合意的地方，他就一换再换，换到满意为止。有一天，他开心出门，准备去拜访朋友。由于心情愉快，没发现衣服的袖子沾到了脏东西。走到半路，有人提醒他这件事。他赶紧掉去衣服上的脏东西，但已经留下痕迹。他又抠又抓，还是抹不掉脏东西的痕迹。他原本开心的心情完全消失，连本来打算去的地方也不去了。

第二则寓言：有一个名叫郑子阳的人，娶了一个非常漂亮的妻子。他的妻子用雉羽来装饰她的额头。整整三年都没有拿下来。有一天，他的妻子在卸妆时被他看到了额头。原来她的额头上有一处疤痕。他十分介意，整晚都睡不好。第二天，即使他的妻子再用雉尾装饰额头，他也不再觉得她美了。

宋朝大儒朱熹说："海阔从鱼跃，天空任鸟飞，大丈夫不可无此度量。"世间上的一切都是相对的，美丑如此，快慢也是如此。

古人骑马，一日千里算是很快的；现代人搭乘飞机，一日之内，何止万里？现代人斤斤计较的，也许看在后人眼中，说不定是笑话。"天下之情，不见其速，未有见其迟也。"见其速，而不计较其迟，这才是真正的修养。

名句的诞生

君子忧我之弱，而不忧敌之强；忧我之愚，而不忧敌之智。国为敌所陵[1]而不能胜者，非敌之果强也，罪在于我之弱也；为敌所陷[2]而不能知者，非敌之果智也，罪在于我之愚也。

——卷十二·《随叛楚》

完全读懂名句

1. 陵：侵犯。
2. 陷：陷害。

语译：君子担心的是自己太弱，而不是担心敌人的强大；担心的是自己太笨，而不是担心敌人的狡诈。国家被敌人所侵犯而不能取胜，并不是敌人确实强大，错在自己太弱；被敌人陷害而不能察觉，不是敌人确实狡诈，错在自己太笨。

名句的故事

宋室南渡之初，各地有不少主张对抗金兵的队伍。先不说名将韩世忠、岳飞等人，谈一谈王彦所率领的"八字军"。

王彦曾与岳飞等将领率领着七千名士兵渡过黄河，重创金兵，收复新乡等地。后来金兵调动数万人马包围

君子忧我之弱，而不忧敌之强；忧我之愚，而不忧敌之智

王彦，王彦突围而出，逃入山中。这时，他清点残存的部众，就只剩下七百多人。

区区七百多名伤兵，要对抗金兵，简直就是以卵击石，不过王彦与他的部队毫无惧色。他们在脸上刺下"赤心报国，誓杀金贼"这八个大字，这也是"八字军"一名的由来。

这支"八字军"在各地打游击战，得到各地响应，迅速发展成十几万人的部队。金国用重金悬赏王彦的人头，仍不能阻止王彦的抗金行动。阻止王彦的反而是南宋朝廷。当时主和派得势，所以南宋不准王彦出兵。王彦就投奔主战派张浚，转战川陕一带，收复不少失地。

南宋朝廷生怕抗金的行动会影响议和，所以宋高宗把王彦调回南方，解除了他的兵权。没几年，王彦抑郁而终。

《左传·僖公二十年》记载随国背叛楚国一事，并批评随国不自量力。吕祖谦因此想到南宋的一味求和，于是他说："君子忧我之弱，而不忧敌之强；忧我之愚，而不忧敌之智。"借着批评《左传》论点的怯懦，暗讽今事，强调要充实己方的实力，向敌方开战。

历久弥新说名句

吕祖谦说："君子忧我之弱，而不忧敌之强。"打不过对方，应该加强自己的实力，而不是使用不光明的手段获取胜利，这是"运动家风度"。在《三国演义》中，关羽领兵攻打长沙郡，遇到了能征善战的老将黄忠。两人战到不可开交之际，关羽假装败逃，准备趁机回砍，击败对手。黄忠果然中计，追击关羽。就在黄忠快要追到关羽时，突然马失前蹄，黄忠被掀翻在地。

关羽举刀来到黄忠的身前，大喝一声："暂且饶你一命，快去换马再战。"

当黄忠摔到地上时，关羽只要再补一刀，就可以杀死对手，但是关羽并不愿意这么做。他宁可光明正大地胜过对方。后来，黄忠愿意投入刘备阵营，和关羽同为"五虎将"之一，实在和关羽的光明磊落有关。

民初散文家罗家伦在《运动家的风度》一文说："有运动家风度的人，宁可有光明的失败，决不要不荣誉的成功！"用正当的做法出赛，就算失败也是光明的；用不正当的手段出赛，就算成功也是不荣誉的。以不正当的手段获胜，将来就算用实力打败对手，别人也会怀疑而吝于给予掌声，这是没有运动家风度的人必须付出的代价。

善观天者，观其精；不善观天者，观其形

名句的诞生

人言之发，即天理之发也；人心之悔，即天意之悔也；人事之修，即天道之修也。无动[1]非天，而反谓无预[2]于天，可不为大哀耶？善观天者，观其精；不善观天者，观其形。

——卷十二·《鲁饥而不害》

完全读懂名句

1. 动：举动。

2. 无预：没有关联。

语译：人言之所以发出，是天理让他们发动；人们内心的悔悟，是天意让他们悔悟；人们作为的整饬，是天道让他们整饬。所有举动都是来自于上天的，却反而说一切和上天无关，这不是令人感到遗憾吗？善于观察上天的人，是要观察上天的精微处；不善于观察上天的人，就只是观察上天的表象。

名句的故事

宋朝人喜欢"谈天"，不过宋朝人谈的"天"，不是古代人的"天神如何如何"，更不是现代人的"天气如何如何"，而是"天道如何如何"。

吕祖谦是宋朝人，他也喜欢谈"天理"。宋朝人的"天理"是哲学性的，

无所不包，举凡人的一切思想行为，都跳不出天理的范畴。

《左传》记载，鲁僖公二十一年时，因为久旱不雨，鲁僖公想烧死女巫和身有残疾的人来祭天，他的大臣臧文仲说："防备旱灾就应该尽人事，而不是听天命。"吕祖谦认为，《左传》的说法不正确，人事来自天理，不能说和"天"无关，所以他说："善观天者，观其精；不善观天者，观其形。"借以说明他的哲学理念。

历久弥新说名句

文天祥是南宋的状元宰相，曾领兵对抗元朝军队，兵败被俘。他被俘虏之后，敌人劝他投降，他写了一首《过零丁洋》诗来表明自己的心志。诗中有两句："人生自古谁无死？留取丹心照汗青。"充分表现出他宁死不屈的节操，连敌人也为之动容。

传说文天祥在年轻时曾遇过一位得道高人，道号灵阳子。灵阳子对他讲述了许多上天的道理，让他获益匪浅。等到文天祥被押送到元朝首都的监狱时，道行高深的灵阳子担心文天祥吃不了苦，会因此投降给元朝，于是施展法术进入狱中，传授他"大光明法"，让他安处于狱中的艰困环境，并且突破了生死关，不再害怕死亡，而能够从容就义。

清朝的全祖望曾在他所写的《梅花岭记》批评过这种传说。他认为忠义志士，自有一股浩然正气长存于天地之间。至于"大光明法"等修道传说是无谓而多余的。

吕祖谦说："善观天者，观其精；不善观天者，观其形。"凡人对于天道的认识是肤浅而表象的。对于文天祥这样的忠臣义士，世人总不希望见到他们死亡，所以会造出得道成仙之类的传说，借以美化他们的结局。然而，诚如文天祥所说的："人生自古谁无死？"只要能够"留取丹心照汗青"，便是死亡，正气也能永远流传，这才是真正明了天道的人。

名句的诞生

谋于涂[1]者，不若谋于邻；谋于邻者，不若谋于家。非远则愚而近则智也，爱浅者其虑略[2]，爱深者其虑详。

——卷十二·《子圉逃归》

完全读懂名句

1. 涂：通"途"，此指路人。

2. 略：粗略、随便。

语译：和路人讨论，不如和邻居讨论；和邻居讨论，不如和家人讨论。并不是说关系远就会比较愚笨，关系近就会比较聪明，而是说感情浅的，思虑就比较随便，感情深的，思虑就比较周详。

名句的故事

公元前六四三年，晋惠公把太子姬圉送到秦国当人质，秦穆公则把女儿怀嬴嫁给圉，一方面对晋国表示友好，另一方面也可以监视圉。当晋惠公生病将死之时，姬圉急着回国继位，就和妻子怀嬴商量。怀嬴说："为了你的未来着想，我支持你回国，但是，我奉命把你留在秦国，所以我不能跟你走。不过，你放心，我不会出卖你

谋于涂者，不若谋于邻；谋于邻者，不若谋于家

的。"圉离开秦国时，怀嬴果然没有出卖他而向秦穆公告密。

秦穆公对姬圉逃走一事感到十分生气，就协助姬重耳回国夺权。为了和姬重耳建立良好的关系，秦穆公把自己的五个女儿嫁给他。其中一个就是姬圉的妻子怀嬴。

宋朝极重女子的贞节，北宋大儒程颐就曾说过："饿死事小，失节事大"。对于怀嬴嫁给两人一事，吕祖谦完全不能谅解。他认为，怀嬴完全可以阻止姬圉逃离秦国。她如果这么做的话，姬圉就不会被姬重耳所杀。可惜怀嬴怕死，所以一面鼓励姬圉回国，一面又不敢和他回去。他说："谋于涂者，不若谋于邻；谋于邻者，不若谋于家。"感情越深的话，越会替对方着想，不过，怀嬴虽是姬圉的妻子，感情却不如路人。他还进一步指责怀嬴，如果她阻止了姬圉回国的话，不但能让晋惠公不致绝后，更可能让秦穆公称霸中原，把所有的责任都推到怀嬴一个弱女子的身上。

历久弥新说名句

战国时的陈仲子是齐国人。他的哥哥在齐国当大官，他因为不齿于哥哥的行为，所以带着妻子搬到楚国。平常靠着自己制鞋及妻子织布的微薄收入过活。有一年，楚国发生饥荒，整整三天没有吃东西的陈仲子，竟然一路爬到井边，吃那被虫咬烂的李子。

楚王听说陈仲子的贤能，于是派人带了许多钱，打算聘请陈仲子在楚国做官。陈仲子和妻子商量说："楚王打算请我做官。我一旦当了大官，你不但出入有车坐，而且还可以每天享用大餐。你以为如何？"他的妻子说："你现在弹琴读书，快乐得很,何苦为了一点小小的享乐,而为楚国操劳呢?世道这么乱,我怕你终究会遭遇不测。"陈仲子觉得她说得很有道理,就带着她逃到其他地方,靠着替人种菜的工作过活。

　　现代书法家张穆希先生因为热衷书法创作,和妻子商量后,放弃了收入优渥的药铺生意,专心于书法创作及教学。他的妻子廖梅端女士不仅毫无怨尤,更悉心打点家务,使丈夫安心优游于书法的天地。张先生成名后,廖女士随着丈夫出席各种场合,陪着丈夫上课。张穆希先生喜欢将"梅"的题材写入书法作品,不仅是因为伉俪情深,或许也因对妻子存着一份感谢之意吧!

生天下之善者，出于敬；生天下之恶者，出于慢

名句的诞生

抑[1]不知生天下之善者，出于敬；生天下之恶者，出于慢[2]。一笾[3]一豆[4]之相去[5]，其为礼也微矣。严之而不敢犯者，敬心存也。是心苟存，将无所不敬。推而上之，至于守君臣、父子、夫妇之分[6]，为世大法者，同一敬也。

——卷十三·《郑文夫人劳楚子入享于郑》

完全读懂名句

1. 抑：但是，可是。

2. 慢：轻慢。

3. 笾：一种竹编的礼器。

4. 豆：一种木造的礼器，也有以铜制成的，外形如"豆"的字形。

5. 去：差别。

6. 分：本分。

语译：但是不知道使得天下人善心的，来自于恭敬的心；造成天下人之恶的，来自于轻慢的心。一个竹编的礼器和一个木造的礼器之间的差别，在礼数上来说是很细微的，之所以严格把守而不敢逾越，是因为存着恭敬的心理。如果保持这种心态那么就会用恭敬的心去做任何事。往上延伸来说，谨守君臣、父子、夫妇的本分，乃至于实践人世间最重要的原则，全都是出于同一种恭敬的心啊！

名句的故事

宋代的文人喜欢做翻案文章。举例来说，世人都称扬管仲协助齐国称霸有功，苏洵就写了一篇《管仲论》，批评管仲不能推举贤人来代替自己，所以导致齐国日后发生动乱。世人赞美孟尝君能够招揽人才，王安石则写一篇《读孟尝君传》，批评孟尝君招揽的都是一些鸡鸣狗盗之类的人，导致真正的人才不肯投靠孟尝君。世人认为张良因为得到黄石公的兵书，才能辅佐刘邦平定天下，苏轼就写了一篇《留侯论》，指出黄石公真正要教张良的，不是兵法，而是忍耐的心。世人认为唐太宗放死囚回家探视家属的做法是仁政，欧阳修就写了一篇《纵囚论》，批判唐太宗只是沽名钓誉而已。

《东莱博议》里大多是翻案文章。"郑文夫人劳楚子入享于郑"这篇文章针对郑文夫人犒赏楚国军队一事提出批评。

楚国为了救郑国而攻打宋国，战胜后，郑文夫人到军中犒赏楚国军队，第二天，郑国又用最上等的宴会接待楚国。宴会结束后，楚国带了两名郑国女子回去。叔詹认为无礼的楚国不会称霸，《左传》因此认为叔詹是个有远见的人。

吕祖谦认为："生天下之善者，出于敬；生天下之恶者，出于慢。"楚国态度轻慢，自然会做出无礼的举动，叔詹并没有看出楚国一开始就让郑文夫人劳军时的轻慢，所以他不算是真正有智慧的人。

历久弥新说名句

北宋的张咏在担任崇阳县令时，看到一名小吏偷偷摸摸地从县府的财库里出来。张咏叫住了他，检查之后，发现那名小吏的头发里藏了一枚铜钱。小吏只好坦白招出，那枚铜钱确实是从县府的财库里偷出来的。

查出真相后，张咏生气地下令杖责那名小吏。小吏不服，高喊："不过是一枚铜钱，有什么了不起的？你就算能打我，难道还能为了这枚铜钱杀我吗？"

听到小吏的话，张咏怒从中来，在审判结果写下"一日一钱，千日千钱，绳锯木断，水滴石穿"几个大字。意思是说，一天拿一枚铜钱，一千个日子就会拿一千枚铜钱。只要持续不断，就是绳子也会锯断木头，就是水滴也能穿透石头。

宣读审判结果之后，张咏亲自拿剑杀了那名做坏事还强辩的小吏。那名小吏原本罪不至死，张咏却杀了他，所以张咏向上级报告，自请处分。

世人说，张咏是个不重细节的人，从他对小吏的处罚一事来看，似乎不是那么一回事。孔子的学生子夏曾说："大德不逾闲，小德出入可也。"意思是说，在重要的品德上，不容有丝毫的逾越，但是在次要的细节上，就可以不必那么讲究。

吕祖谦说："生天下之善者，出于敬。"然而，有伟大德行的人又哪里全是恭敬拘谨的人呢？他们不过就是"大德不逾闲"罢了！

名句的诞生

多而不可满者，欲也；锐而不可极者，忿也。
治欲之法，有窒[1]而无开；治忿之法，有惩[2]而
无肆[3]。处己是法也，处人亦是法也。

—— 卷十三·《楚子文使成得臣为令尹》

完全读懂名句

1. 窒：阻止。

2. 惩：压抑。

3. 肆：放任。

语译：多到无法满足的，是人的欲望；强到
没有尽头的，是人的愤怒。处理欲望的方法，
是阻止而不是开启；处理愤怒的方法，是压
抑而不是放任。对待自己是用这种方法，对待
别人也是用这种方法。

名句的故事

公元前六三七年，楚国大夫成得
臣攻打陈国，取得大胜。当时楚国的
令尹（也就是宰相）子文，认为成得
臣所立下的功劳很大，就把自己做了
二十六年的令尹职位让给他。

过了五年，成得臣在城濮之战中
吃了败仗，不但他自己自杀身亡，而
且楚国在惨败之后，元气大伤，再也

多而不可满者，欲也；锐而不可极者，忿也

难以和晋国争霸。

公元前五九二年，晋国大夫郤（xì）克到齐国请齐顷公参加会盟。齐顷公的母亲在帷帐后看到身有残疾的郤克，忍不住笑出声来。郤克视此事为奇耻大辱，发誓要找齐国报仇。

当时晋国掌权的是大夫范武子，他为了平息郤克的怒气，选择告老还乡，而由郤克执政。过了三年，郤克终于打败齐国，报了大仇。

吕祖谦认为，权位不是用来满足欲望或平息愤怒的工具，因为"多而不可满者，欲也；锐而不可极者，忿也"，欲望或愤怒都是填不满的无底洞，成得臣的失败，固然是子文的错；郤克虽然成功，范武子的做法还是不对。

最可非议的，是子文"立大功就该做大官"的论点。因为做官靠的是才能而不是功劳，更何况，没有人确定多大的官才能满足人的野心，对于功劳太大的人，国君会担心他功高震主，反而会杀了他。

各朝的开国功臣往往落到被杀的下场，以致许多人不敢立功。吕祖谦认为，这种情形的产生，全是因为子文这种论点所造成的。

历久弥新说名句

齐庄公时，有一人名叫宾卑聚。这个人生性好强，深信"士可杀，不可辱"的道理。只要认为有人侮辱了他，他就一定会追究到底。旁人知道他这样的个性，都不愿招惹他。他因此认为，有怨报怨，有仇报仇，是待人处世最正确的方法。一直活到六十岁，他都这么想。

直到有一天，宾卑聚做了一个梦。梦里有一个人开口骂他，还吐他口水。宾卑聚在盛怒之下惊醒。醒来后，他愤愤不平，对朋友说："昨晚有一个人侮辱我。我非找到他，修理他一顿不可。"

从那天开始，他一大早就站到大马路旁，狠狠盯着过往的行人，想找到那个在梦中吐他口水的人。然而，梦毕竟是梦，梦里的人怎么可能出现在现实世界中呢？宾卑聚积了满肚子的怒气，不到三天，就这么活活给气死了。

罗马诗人贺瑞斯说："愤怒就是暂时的疯狂，因此要控制你的情绪，不然情绪就会控制你。"生气就和气球的道理一样，气虽然放掉了，但是多灌几次气，它就容易爆。除此之外，气一次灌得太多太急，气球就会立刻爆掉。

人有七情六欲，几乎没有人可以不生气。对应生气的方法，不是任由它发展，而是要去疏解，并且管控情绪。几十年前的人重视智商（IQ），近年来，人们越来越重视"情商"（EQ）。"情商"就是管理情绪的能力，也正是一个人能不能成功的关键。

人皆知以己观己之难，而不知以人观己之易

名句的诞生

人皆知以己观己之难，而不知以人观己之易。同是言也，彼言之则从，我言之则违，其必有故[1]矣；同是事也，彼为之则是，我为之则非，其必有故矣。因[2]人之善，见己之恶；因人之恶，见己之善，观孰切[3]于此者乎？

——卷十三·《晋怀公杀狐突》

完全读懂名句

1. 故：原因。

2. 因：凭借。

3. 切：确切、恰当。

语译：人们都知道由自己来观察自己是一件困难的事，却不知道由别人来观察自己是件简单的事。同样一句话，由他说时，别人就听从，由我说时，别人就违抗，那一定是有原因的；同样一件事，他做就是对的，我做就是错的，那也一定是有原因的。从别人的优点，看自己的缺点，或是从别人的缺点，看到自己的优点，观察人的时候哪有比这样更深刻呀？

名句的故事

宋徽宗喜欢建造园林，所以下令各地进贡奇花异石，称之为"花石纲"。"花石纲"是一种极为劳民伤财的

举动。若是小花细石倒是还好，但"花石纲"要的往往是大树巨石。为了运送那些大树巨石，耗费大量人力、物力，自是不在话下，至于建造大船来运货或是拆毁城门以进城的事情，更是时有所闻。在不堪剥削的情形下，方腊号召了江南地区的百姓，起兵造反。

江南地区原是鱼米之乡，百姓理应不愁吃穿，没必要冒生命危险，跟着方腊一起造反。不过，方腊部队的人数却以极快的速度增长，很快接近百万人了，由此可见百姓心中的愤怒是何等强烈！

为了对付方腊，宋徽宗出动了许多正规军队攻打他。训练不足的人民起义军不敌装备精良的正规军，终于吃了败仗，方腊也被处死。

同样的情况，如春秋时代的晋怀公曾经下令所有晋国人都不可以跟随逃亡在外的重耳。然而晋国大夫狐突的两个儿子却忠心跟随重耳。晋怀公要求狐突召回儿子，狐突不肯，晋怀公就杀了他。

吕祖谦认为晋怀公不懂得"以人观己"的道理。跟随重耳是一件辛苦的事，若不是重耳的道德远高于晋怀公，旁人又怎会舍弃晋怀公而投靠重耳呢？吕祖谦虽未指明，但是他所说的道理，应该也可以应用在百姓舍弃宋徽宗而投靠方腊一事吧！

历久弥新说名句

《战争与和平》是俄国作家托尔斯泰的作品，也是举世闻名的小说。

故事的背景设定在亚历山大一世在位时期的俄国，描写几

173

位贵族家庭中的人物，在战争与和平之生活遭遇中，领悟生命真谛的过程。皮埃尔就是小说中的主角之一。

皮埃尔是一位贵族的私生子，在那位贵族死后继承了大笔的遗产。那位贵族的亲戚为了谋夺财产而把自己放荡的女儿嫁给皮埃尔。婚后，皮埃尔的妻子与他的好友传出暧昧的关系。皮埃尔愤而杀死好友，从此活在痛苦之中。

拿破仑攻打俄国时，皮埃尔因为试图刺杀他而成了俘虏，并因此认识了另一位俘虏普拉东。普拉东是个乐天知命的农夫，一躺下就睡着，一醒来就做事。他会做很多事，虽然做得不是很好，但也不是很差。简单来说，他是个再平凡不过的人了。

普拉东喜欢聊天和唱歌。他当然不是杰出哲学家或顶尖的歌唱家，但是，他唱得很投入，聊得很开心。从他的话语或歌声中，自然传达出一股感动人的力量。皮埃尔的人格在这股力量中逐渐改变，直到领悟知足的意义。

托尔斯泰在小说中说："人只能借着比较，才能知道自己。"吕祖谦则说："人皆知以己观己之难，而不知以人观己之易。"我们可以从别人的身上看到自己不足之处，如果能因此加以反省，就能够让自己的人格更完满。

名句的诞生

以君子之言，借小人之口发之，则天下见其邪而不见其正；以小人之言，借君子之口发之，则天下见其正而不见其邪。是故《大诰》之篇，入于王莽之笔，则为奸说；阳虎之语，编于孟氏之书，则为格言。

——卷十四·《楚灭蘷》

完全读懂名句

语译：拿君子的话，借由小人的嘴巴说出来，那么天下的人只会看见它的邪恶而不会看见它的正当；拿小人的话，借由君子的嘴巴说出来，那么天下的人只会看见它的正当而不会看见它的邪恶。因此，《大诰》的篇章，由王莽的笔下写出来，就成了奸恶的言论；阳虎的言语，编入孟子所写的书本中，就成了佳句格言。

名句的故事

北宋末年，出了一个大奸臣蔡京。为了建立自己的势力，他用国家的钱支付高薪给自己的人马，满不在乎地掏空国库；为了讨得皇帝的欢心，他仗势四处搜刮民脂民膏，终于引发了方腊、宋江等人的起义。

以君子之言，借小人之口发之，则天下见其邪而不见其正；以小人之言，借君子之口发之，则天下见其正而不见其邪蔡京掌权二十年，把北宋朝廷搞得乌烟瘴气，甚至有人认为他才是真正应该为北宋灭亡负上最大责任的人。

吕祖谦评论楚国消灭夔国一事说："以君子之言，借小人之口发之，则天下见其邪而不见其正。"他认为夔国反对祭祀楚国先祖的说法是对的，错在说的人身上。

夔国国君在气愤之下，开口拒绝祭祀楚国的祖先，激怒了楚国，所以才会招来灾祸。照这个逻辑来看，蔡京这种小人应该说不出什么好话来，就是说出好话也不中听。

在蔡京掌权时，曾经发生一件官司。有位妇人分别为两任丈夫生下儿子，后来两个儿子抢着奉养母亲，告上了官府。审理这个案件的人伤透了脑筋，分析了两个儿子的财产个性等，就是不知道判给谁才好，只好去请教蔡京。蔡京说："这个容易。问那位母亲就好了，她想跟谁住在一起就跟谁住在一起吧！"就这件事来看，在蔡京掌权的时候，没有人敢说他说得不对，就算蔡京死后被写入《宋史·奸臣传》也有说对话的时候。吕祖谦"见其邪而不见其正"的论点，也正是如此。

历久弥新说名句

孔子说："不以人废言。"吕祖谦则说："以君子之言，借小人之口发之，则天下见其邪而不见其正。"孔子说的是智者的做法，吕祖谦说的是世人的看法；孔子借此说明学习纳谏的道理；吕祖谦则借此说明持身端正的重要。两种说法看似相反，实则因观点的不同，各自成理。

在现实生活中，吕祖谦所说的情况并不常见，因为真正的小人往往有办法用君子的言论来伪装自己，所以孔子才会说

"不以言举人"。孔子的"不以人废言",虽然不易达成,但是真能达到这种境界,往往有利而无害。

有一位名叫商季子的人,他求道的心十分强烈,以致被骗子所欺骗。骗子告诉他,"道"在船桅的上头,要他放下行李,爬到船桅的顶端。他爬到顶端后,骗子还一直叫他往上爬。这时,无法再往上爬的商季子领悟到,所谓的"道",永远无法到顶,永远可以继续追求。他十分开心终于悟道,因此即使骗子已经偷走了他的所有行李,他也解读成要想追求"道",就要舍弃一切负担。

骗子存着害人的心,要商季子爬到船桅的顶端,还偷走了他所有的行李,然而对于商季子而言,他已经学到用金钱也不一定能买到的东西。

朱熹说:"无一事而不学。"若从小人身上也能学到东西,天下事又有什么不可学的呢?

理本无穷，而人自穷之；心本无外，而人自外之

名句的诞生

理本无穷，而人自穷之；心本无外[1]，而人自外之，故左氏之所谓，梦出于所因所想之外盖[2]无几，其余未有不局于区区[3]念虑之间者也。

——卷十五·《晋文公梦与楚子搏》

完全读懂名句

1. 外：疆界。

2. 盖：大概。

3. 区区：小。

语译：道理本来没有穷尽，而人心却自以为有穷尽；心灵本来没有疆界，而人心却自以为有疆界，所以《左传》所记载的梦，出于因果和念头之外的大概很少，没有不局限在小小的思虑范围内的。

名句的故事

《宋史·艺文志》收录了《周公解梦全书》这本书的书名，作者无从考据。可以确定的是，作者绝对不会是周朝的周公姬旦，之所以假托周公之名，不过是因为孔子曾梦见过周公，所以人们提到梦就想到周公，如此而已。

宋代既然有了《周公解梦全书》这

本书的出现，就代表宋代已经有人试图为解梦一事建立一套说法。然而，解梦的历史绝对远早于宋代，至少，在《左传》里就有相当多解梦的记载：

晋文公梦见和楚国国君打架，楚国国君趴在他身上咬他的脑髓，狐偃认为这代表晋国可以打败楚国；鲁昭公准备到楚国去，梦见襄公在祭祀路神，大夫子服惠伯认为襄公曾经去过楚国，所以才祭祀路神，引导昭公前往；宋得梦见他的弟弟宋启睡在东门外，自己则变成一只乌鸦停在他的身上，醒来后他觉得这个梦很好，代表他将来会成为国君，后来他果然即位为宋昭公。

对于梦境，吕祖谦用哲学的概念去解释它，所以他说："理本无穷，而人自穷之；心本无外，而人自外之。"意思是说，世人把梦境的意义看得太浅，以为不是日有所思，就是因缘果报，其实解梦要靠修养和经验，例如孔子梦见周公的境界，就不能用一般吉凶祸福的论点去评论。

历久弥新说名句

当一个人为不必要的事情担心时，人们便会说他是"杞人忧天"。这个成语出自《列子》一书。书中提到杞国有个人非常担心天塌下来。他的朋友劝他："天不过就是气的积聚而已，又怎么会塌下来呢？"杞国人说："就算天不会塌下来。难道太阳、月亮、星星都不会掉下来吗？"他的朋友说："太阳、月亮、星星也不过就是明亮的气而已。就算掉了下来，也不会对任何人造成伤害。"列子评论两人的说法，认为："说天会塌下来也不对，说天不会塌下来也不对，因为这些都不是我们所能够知道的。"

列子则认为天空会不会塌下来，不是我们所能够知道的事。经过漫长的研究，人们早已知道，天空确实是由空气所组成，但太阳、月亮、星星等却是实际存在的物体。人们普遍相信，远古恐龙的灭绝就与小行星的撞击地球有关。

阿拉伯哲学家伊本·赫勒敦说："真理最好的朋友是时间，最大的敌人是偏见，永远的伴侣是谦虚。"正所谓"理本无穷，而人自穷之"，唯有随时保持谦虚的心，不因偏见而限制自己的探索，才能一步步接近无穷的真理。

名句的诞生

身者寄也；轩冕[1]者，身之寄也。是道家者流之论也。人自送丞相长史，而张君嗣[2]厌其劳，鲁自待宰周公，而姬阅[3]辞其享，认而有之，非惑耶？

——卷十五·《周公阅聘鲁》

完全读懂名句

1. 轩冕：车马衣冠，身份职位的象征。

2. 张君嗣：名裔。三国时蜀国人，诸葛亮担任丞相时，曾任留府长史。

3. 姬阅：周朝的太宰，姓姬，名阅。

语译：身体是生命的寄托，车马衣冠是身体所寄托的地方。这是道家之辈的论点。人们是为丞相长史送行，而长史张君嗣却厌恶这种辛苦；鲁国是在招待太宰周公，而太宰姬阅却推辞那些礼数，这是把这些事情认定是自己所有的，这不是很不明理吗？

名句的故事

儒家和道家是传统思想的两大主流。儒家重视身份，强调自我在人际关系中扮演的角色；道家重视自我，强调完全独立的自我，认为身份是身份，自我是自我。在《庄子·知北游》

身者寄也；轩冕者，身之寄也

中说："吾身非吾有也。"又说："是天地之委形也。"意指身体只是生命的寄托，不是自己的东西。这就是吕祖谦"身者寄也；轩冕者，身之寄也"一语的由来。

公元前六三〇年，周太宰姬阅到鲁国，鲁国准备用上等的礼数来招待他，姬阅却以自己做得不够好而加以推辞。就"轩冕者，身之寄也"这套论点来看，鲁国招待的是太宰不是姬阅，姬阅不应推辞。对于这套论点，吕祖谦认为道家把身份和自我分别讨论，是祸乱的根源。

吕祖谦认为，依照儒家的学说，姬阅如果认为自己做得不够好，那么就应该辞去太宰一职，而不只是推辞鲁国的招待而已。

在《周公阅聘鲁》这篇文章里，吕祖谦还批评了苟道将这个人。

苟道将是晋朝时的兖州刺史，他因为堂弟犯法而杀了他。杀了堂弟之后，他又为堂弟痛哭，并对死去的弟弟说："杀了你的，是兖州刺史；为你痛哭的，是你的哥哥苟道将。"

对于苟道将的做法，吕祖谦深深不以为然。他认为，苟道将杀了弟弟就是"伤恩败教"，不能用职位是职位，自己是自己这种说法来为自己开脱。

历久弥新说名句

亲人犯罪，执法者是否应该依法论处，在《孟子》中曾有相关的讨论。桃应问孟子说："舜贵为天子，如果他的父亲瞽叟杀了人，他会怎么做？"孟子说："他不会干涉司法，但是他会放弃天子的身份，背着父亲逃到遥远的海边。"

五代时，后周世宗的生父杀了人，而周世宗完全不治他的罪。北宋史学家欧阳修在写《新五代史》时评论这件事，认为周世宗既不可抛弃天下，也不可以治父亲的罪。杀了一个杀人犯，不会让杀人的罪行从此绝迹，这是小事；儿子杀了父亲，却是泯灭了人性，这是大事。

　　《汉书·贾谊传》说："国耳忘家，公耳忘私。"意指为了国家可以牺牲家庭，为了公事应该放弃私情，这是法家的立场。《礼记·礼运》说："老吾老以及人之老，幼吾幼以及人之幼。"意指要先照顾自己的亲人才谈得上照顾他人，这是儒家的立场。面对私情和公事冲突时，就该抱持着"身者寄也；轩冕者，身之寄也"的想法，干脆放弃职位。

　　现代司法在碰到类似的事情时，主张采取"回避"的原则，这是现代司法的进步之处。像周世宗纵容生父杀人的行为，将使天下杀人者会说："连皇帝的父亲都可以杀人了，我又有什么不对呢？"如此一来，天下岂有不乱的道理？这样哪里如欧阳修所说的，只是小事而已。

居其位而无其德，为身之羞；居其位而黜其礼，为位之羞

名句的诞生

儒者之论则进是矣。居其位而无其德，为身之羞；居其位而黜[1]其礼，为位之羞。身者，一夫之私也；位者，万世之公也。

——卷十五·《周公阅聘鲁》

完全读懂名句

1. 黜：排斥，降等。

语译：儒家的论点就更加深入了。处在那样的职位，却没有相当的德行，这是自身的耻辱；处在那样的职位，却没有相称的待遇，这是职位的耻辱。身体，是一个人所私有的；职位，是万世公有的。

名句的故事

邓绾是宋朝的进士，当初在礼部考试时，他就获得了第一名的殊荣，可以说是相当有才华的读书人。考中进士的邓绾被派到宁州当地方官，但是他却不以此为满足，希望能到京城担任高官。当时，宋神宗有心推行新政，就放手让王安石主导改革。由于反对的旧势力很大，于是王安石大量任用新人。邓绾看准时机，上了奏折给宋神宗。奏折里极力称赞宋神宗所任用

的王安石是贤人，推行的新法则令百姓高兴不已。邓绾这奏折一上，王安石果然立刻保荐邓绾进京。

邓绾进京不久，就升了官。邓绾并不因此满足，他向宰相抱怨说，大老远宣他进京，却还是让他回去当地方官，应该让他留在京师当官才对。在世人眼里，邓绾公然要官职的行为，简直是不知廉耻。不过，他却仍达到他的目的。对于旁人的唾骂，他讲了一句名言："笑骂从汝，好官须我为之。"

若说邓绾从此用心做事，倒也无可厚非，但是他一心只在当他的"好官"，所以一会儿巴结甲，一会儿奉承乙，总之谁掌权，他就拍谁的马屁。后来王安石认清他的为人，就把他降调回地方任官。

在宋朝的历史上，像邓绾这类"好官须我为之"的丑角比比皆是，吕祖谦说："居其位而无其德，为身之羞。"但邓绾这类"好官"，又哪里知道什么叫作羞耻？

历久弥新说名句

道家讲究谦让，但并不是一味推辞。庄子说过一则寓言：有一次，尧到了华这个地方。当地人祝他长寿、有钱、多子孙。尧连称不敢。当地人不以为然地说："子孙多了，就多些人服务社会；钱多了，就分给需要的人；寿命长才有更长的时间修养自己品德。又有什么不好的呢？"

庄子认为："富而使人分之，则何事之有？"职位越高，待遇就越好，这本是常理。不过，好的待遇不是用来给自己享用的，而是用来照顾他人。宋朝的官俸优渥，许多人因而养成奢侈的习惯。虽然如此，还是有范仲淹、司马光这些节俭的清官。范仲淹用优渥的官俸，购置"义田"，照顾族人及穷人。试想，如果他"居其位而黜其礼"，拒绝优渥的待遇，又怎么能照顾许多人呢？

宋代钱公辅写了一篇《义田记》，称赞范仲淹的义举。文中并举晏子为例，说他生活节俭，被人批评是隐藏国君的赏赐。国君大量赏赐贤才，除了鼓励贤才，更有宣传的效果，让他人立志效法贤才。从这个角度来看，合理的待遇是不应该推辞的，若是推辞，就像吕祖谦所说的："居其位而黜其礼，为位之羞。"

名句的诞生

是故见利而先谓之贪，见利而后谓之廉；见害而先谓之义，见害而后谓之怯，皆古今之定名，未有知其所由始者也。人之于利，忧其锐[1]而不忧其怠[2]，忧其急而不忧其缓，忧其溺[3]而不忧其忘。

——卷十五·《臧文仲如晋分曹田》

完全读懂名句

1. 锐：激进。

2. 怠：怠惰。

3. 溺：耽溺，沉迷。

语译：因此，见到利益就争先恐后称为贪婪，见到利益就后退的称为廉洁；见到危险而能争先的称为道义，见到危险就后退的称为懦弱，这些都是从古到今一定的说法，没有人知道是从什么时候开始的。人们对于利益，只担心太过激进，不担心太过怠惰；只担心太过急切，不担心太过缓慢；只担心太过沉迷，不担心太过轻忽。

名句的故事

晋文公姬重耳在尚未即位之前，在各国流浪。经过曹国时，曹国的国君曹共公假意请他洗去旅途的尘埃，

人之于利，忧其锐而不忧其怠，忧其急而不忧其缓，忧其溺而不忧其忘

却偷看他洗澡。

原来姬重耳的肋骨是连成一片的，所以好奇的曹共公想亲眼看一看。姬重耳觉得曹共公侮辱了他，十分生气，后来即位以后，挥军消灭了曹国。

晋国消灭了曹国之后，鲁国派大夫臧文仲出使到晋国。臧文仲还未到达晋国前，暂时住在"重"这个地方的旅社。旅社里，有人告诉他："晋国国君才刚即位，一定会极力结交对他态度恭顺的国家。现在他消灭了得罪他的曹国，想必会把曹国的土地分给友好的国家，所以各国都赶着去讨好他，以求分到好处。你最好快点出发，迟了就什么都没有了。"听了这段话，臧文仲立刻快马加鞭赶到晋国，果然让鲁国分到一大块土地。

吕祖谦认为，鲁国和曹国同属姬姓，又同列诸侯，理应互相帮助。晋国消灭了曹国，臧文仲不但不应该赶着前去瓜分曹国的土地，反而应该劝晋文公恢复曹国。因此吕祖谦才会说："人之于利，忧其锐而不忧其怠，忧其急而不忧其缓，忧其溺而不忧其忘。"臧文仲急于求利，实在有损他的贤德。

文末，吕祖谦举太公望急着前往封国的例子，说明君子不会为了避嫌而给小人可乘之机，急于求义和急于求利之间的差别极少，必须加以明察才可以。

历久弥新说名句

俗语说："人为财死，鸟为食亡。"事实上，只要谨慎求取，不误踩陷阱，求食取财，也可以安全无虞。

"人之于利，忧其锐而不忧其怠，忧其急而不忧其缓，忧其溺而不忧其忘。"正是因为"锐""急""溺"总让人忽视了眼前的危险而遭到不测。

　　明代的刘伯温曾有这么一段经验：有一天晚上，一只狸猫吃了他的鸡，他急着去抓它，但是已经来不及了。第二天，他找人设下陷阱，用鸡来当诱饵，那只狸猫果然中计被抓。为了抢回狸猫嘴里的鸡，仆人用棍子打它，狸猫却怎么也不肯松口，就这么活活被打死了。

　　刘伯温从这件事想到，古代宋国有个人因为贪污而被逮捕。为了追回赃款，他遭到了刑囚。他并非被冤枉，但他始终不肯招认赃款的下落。官员告诉他："坦白招认，关个几年就出来了；坚不吐实，就可能被打死。你为什么不肯觉悟呢？"他还是不肯招认，最后因为受不了酷刑而死。

　　食物是用来维持生命的，财物是用来满足需求的。一旦丧失生命，就没有什么需求可以被满足了。换言之，生命比食物或财物更加重要，又怎么会有人宁可用生命来换取金钱呢？就是因为"锐于求财""急于求财""溺于求财"，以致失去了理性。然而，失去了生命，钱财还有什么意义呢？失去良心，生命还有什么意义呢？

为善未尽，犹愈不为；改过未尽，犹愈不改

名句的诞生

为善未尽，犹愈[1]不为；改过未尽，犹愈不改。尧舜之善，非可一日为也；桀纣之恶，非可一日改也。百善而有其一，固可渐自附[2]于尧舜矣；百过而去其一，固可渐自离于桀纣矣。

——卷十五·《晋作五军以御狄》

完全读懂名句

1. 愈：胜过。

2. 附：接近。

语译：行善不够周全，总比不做好；改过不够彻底，总比不改好。尧舜的善行，不是一天就可以做完的；桀纣的恶行，也不是一天就可以改完的。善事有很多，只要有了一件，本来就可以慢慢接近尧舜的境界；过错有很多，只要改了一件，就可以渐渐远离桀纣的情况。

名句的故事

吕祖谦在评论羽父杀害鲁隐公一事时，曾说："大恩与大怨为邻。"强调做好事就要做到底，不然会比不做好事还糟糕。

然而，吕祖谦在评论晋国减少一军而建立五军的制度时，却说："为善未尽，犹愈不为；改过未尽，犹愈不

改。"主张好事做得不够完全，总比不做好。同一个人在同一本书中说出看似不同的见解，到底是为什么呢？这要从晋国建立五军制度的事情讲起。

周朝是一个重视礼制的朝代，天子有天子的制度，诸侯有诸侯的制度，不可逾越，否则就是僭越。依周朝的制度，天子可以拥有六军，诸侯大国可以拥有三军，中小国则是一到两军。

晋文公即位之初，实行的是三行三军的制度，相当于天子的六军。后来以防备夷狄为理由，改成五军。吕祖谦认为这是晋文公有心改过，但不够彻底。

吕祖谦认为，改过或行善不彻底，有两种情况：一是能力不足，一是并非出自真心而只是想欺骗世人罢了。前者可以说是"犹愈不为"，后者可以说是"大恩与大怨为邻"，不仅不会更好，反而会越来越差。

晋国原本实施六军的制度，晋文公如果知道错误，改回三军就可以了，可是他偏偏改成五军。他不是没有能力完全改过，而是不愿意完全改过，到后来用不伦不类的五军制度来欺骗世人，又哪里是值得嘉许的好事呢？不过，肯改总比不改好，至少比公然跟周天子打仗，公然挑战周天子的王位要好得多。

历久弥新说名句

明朝的袁黄在年轻时遇到一位擅长算命的孔老先生。孔老先生详细预测袁黄的一生，他的预言也在日后逐一应验，丝毫不差。

孔老先生的预言中，最让袁黄介意的是两件事：一是他终身没有儿子，二是他在五十三岁时会死去。袁黄以为自己的一生在冥冥中早已注定，所以他早已认命，直到遇见云谷禅师。

云谷禅师问袁黄："孔老先生算定你命中没有儿子。你认为你应该有儿子吗？"袁黄想了很久，说出自己许多缺点，如时常生气、喜欢喝酒、经常熬夜等，最后坦白说，他不应该有儿子。

云谷禅师说："你既然知道自己有这些缺点，如果改正它们，你不是就应该有儿子了吗？"

袁黄被云谷禅师一语点醒，于是改名"了凡"，积极行善改过，后来不但有儿子，他也活到七十四岁才寿终正寝。六十九岁的他把自己的心得写成了《了凡四训》一书。

《了凡四训》里说："譬如千年幽谷，一灯才照，则千年之暗俱除；故过不论久近，惟以改为贵。"并举春秋贤人蘧伯玉的故事为例，说他一年一年改过，到了五十岁时还是觉得自己四十九年来改过还不够彻底。

所谓"改过未尽，犹愈不改"，蘧伯玉的改过不是一次就完成的，袁了凡应该也是，但他们能够一步一步改正，终于能够到达理想的境界。

名句的诞生

至难发者，悔心也；至难持者，亦悔心也。凡人之过，狠者遂[1]之，诈者文[2]之，愚者蔽之，吝者[3]执之，夸者[4]讳之，怠者安之，孰能尽出数累之外，而悔心独发者乎？

——卷十六·《先轸死狄师》

完全读懂名句

1.遂：完成。

2.文：掩饰。

3.吝者：心胸狭窄的人。

4.夸者：喜欢说大话的人。

语译：最难引发的，是"悔悟"；最难坚持的，也是"悔悟"。通常人们有了过错，凶狠的人宁可错到底，奸诈的人会掩饰错误，愚笨的人看不到自己的过错，心胸狭窄的人会坚持自己才是对的，喜欢说大话的人会故意不去谈它，偷懒的人会当作没这回事。到底谁能够跳脱这些牵制，引发出"悔悟"的心呢？

名句的故事

公元前六二七年，晋国在"殽"这个地方打败秦国，俘虏秦国的孟明视、西乞术、白乙丙三位将军。秦穆公的女儿，也就是晋文公的夫人文嬴，

至难发者，悔心也；至难持者，亦悔心也

对她的儿子晋襄公说："秦国打了败仗，对这三位将军一定很不满，不如放他们回去，让秦国国君杀了他们。怎么样？"晋襄公答应了。晋国主帅先轸知道了这件事，冲到晋襄公的面前，大骂："我们前线的将士这么辛苦才打胜仗，你居然听一个老太婆讲的几句谎话就放了他们。照你这种做法，晋国要不了多久就灭亡了！"骂完还当着国君面前往地上吐了一口口水。晋襄公因为自己理亏，没有追究先轸的无礼举动，但先轸却十分后悔。

过了没多久，狄人侵犯晋国。先轸为了赎罪，决定死在战场上。他脱下头盔和铠甲，冲入敌方阵营，英勇地牺牲了。晋国则在这场战事中打了胜仗。后来秦穆公果然没有处决孟明视等三名将领，还让他们戴罪立功，打败了晋国。然而，先轸却已经看不到了。

对于先轸战死一事，吕祖谦认为："至难发者，悔心也。"嘉许先轸"悔悟"的心，但是，对于先轸的做法，吕祖谦也认为不恰当。他认为："至难持者，亦悔心也。"如果先轸能坚持保有"悔悟"的心，努力改过，而不是逞一时之勇，草率战死，这才是恰当的做法。

历久弥新说名句

从前有一个叫蹶叔的人，以种田为生。他在高地种稻子，在低洼处种高粱。朋友告诉他："高粱喜欢生长在高地，稻子喜欢生长在低洼处。你最好改变你的做法。"蹶叔不听。十年后，蹶叔才对朋友说："我后悔了。"嘴上说后悔的蹶叔改行经商。他经常等物价上涨到最高才去抢购，结果当然是晚了一步。

朋友告诉他："经商要先收购别人不要的货品，等别人需要时才高价卖出。"蹶叔还是不听。十年后，蹶叔才知后悔。蹶叔为了表示后悔，邀请他的朋友一起乘船到海上散心。船走了很远，他的朋友说："这里已经到大海深处了，再走下去就回不了家了。"蹶叔不听，果然迷失在大海中。过了九年才回到家。蹶叔跪下来发誓说："我要是再不悔改的话，就会像从前一样倒霉。"他的朋友摇头叹道："就算你悔改了，逝去的时光已不复返了。"

孔子说："过而不改，是谓过矣。"心里有了后悔的念头，这只是开始，真心去改正自己的错误，后悔才有意义。

国毁当辨，身毁当容；国辱当争，身辱当受

名句的诞生

国毁[1]当辨[2]，身毁当容[3]；国辱当争，身辱当受，是固不可格[4]以一律也。昔夫子能忍匡人之围[5]，而不能忍莱夷之兵[6]；能忍南子之见[7]，不能忍优施之舞[8]。

——卷十六·《晋阳处父侵楚子上救之与晋师夹道泒水而军》

完全读懂名句

1. 毁：毁谤。

2. 辨：明辨。

3. 容：包容。

4. 格：限制，规范。

5. 匡人之围：孔子曾被匡地的人误认为阳货而遭到包围。

6. 莱夷之兵：孔子随鲁定公前往夹谷之会，齐景公用莱夷的武舞示威，孔子力争。

7. 南子之见：南子是卫灵公的夫人，生性淫荡。曾召见孔子，孔子因而受到子路的质疑。

8. 优施之舞：夹谷之会中，齐景公找了一些以表演为业的侏儒出现在正式的盟会场所。孔子十分生气，要求处决那些人。

语译：国家遭到毁谤就应该解释清楚，自身受到毁谤就应该包容；国家受到侮辱就应该力争到底，自身受到侮辱就应该忍受。这本来

就是不可以用同一种标准加以限制的。从前孔子能忍受匡地之围的耻辱，在夹谷之会却不能忍受莱夷的武舞；能忍受南子的召见，在夹谷之会却不能忍受侏儒的歌舞。

名句的故事

公元前六二七年，晋国的阳处父领兵攻打蔡国，楚国的子上前往救援。阳处父担心打不过楚国，有心退兵，但又想替自己找下台阶，所以就对子上说："要动武的话，就没有逃避敌人的道理。你如果想打仗，那么我先退兵三十里，让你摆好阵势；要不然，你先退兵三十里，让我摆好阵势。像这样两军僵持不下，也没什么好处。"

听了阳处父的话，子上就打算渡河去打晋国军队。这时，有人对子上说："晋国人没什么信用可言。如果他们在我们渡河到一半时偷袭，到时再后悔也来不及了。"子上深以为然，就先行退兵，准备让晋国军队渡河决战。没想到，阳处父一见到楚国退兵，就对外宣称："楚国军队已经撤退逃走了。"然后班师回国。子上吃了这场闷亏，也只能领兵回国。

子上一回到国内，和他有宿怨的太子商臣就对楚成王说："子上一定是接受了晋国的贿赂才退兵，这是楚国的耻辱！"子上无话可说，就被杀了。吕祖谦认为，楚国不战而退关系着楚国的荣辱，子上应该解释清楚才对。吕祖谦说："国毁当辨，身毁当容；国辱当争，身辱当受。"其实不无评论北宋末年"靖康之耻"的意思。金兵南下，掳走了宋朝的徽宗、钦宗两位皇帝，史称"靖康之耻"，这也是许多宋朝人认为不可不洗雪的国耻。

历久弥新说名句

北宋末年，金兵掳走了宋朝的两位皇帝。为了这件事，宋朝全国臣民都义愤填膺，发誓要洗刷这个耻辱。抗金名将岳飞作了一首《满江红》词，词中说："靖康耻，犹未雪；臣子恨，何时灭？"这几句话很可以表达当时有志之士的心情。不过，仍有秦桧等投机派力主退让，到后来甚至签订了绍兴和议，向金国称臣。宋朝牺牲了国家的尊严，仅仅换来二十年的和平，而整个国家却从此背负莫大的耻辱，直到亡国。

宋朝派往签订绍兴和议的是魏良臣。身为外交使者的他自然应该为侮辱国家尊严而负责，然而，区区一个魏良臣哪有牺牲国家尊严的胆量？支持他的，是朝中的投机派。他们用国家的尊严换取个人的权力。心态之可恶，举世皆知。然而，朝廷中更多的是自以为中立的骑墙派。他们看政治的风向做事，助长了卖国者的气焰，如张俊就是其中一例。

张俊本是善战的将军，但他对国家受辱毫无感觉，一心只想累积财富，被讥讽为"钱眼里的将军"。后来，他更为了保住权位，参与陷害岳飞的行动。

美国政治家伯纳德·巴鲁克曾说："我们都知道，国家的利害重于个人的利害。在危急的时刻，对国家仍漠不关心是最不可原谅的罪恶，也是最不可挽救的错误。"世人都知道卖国者的可恶，谁又知道骑墙派的可恶呢？

名句的诞生

当利害既验[1]之后，虽至愚极暴之人，犹知其可从[2]而悔其不从也。然则天下之言，当利害未验之时察之，安得不谓之难乎？自利害既验之后察之，安得不谓之易乎？吾独以为利害之未验，察言者若难而实易；利害之既验，察言者若易而实难。

——卷十六·《楚太子商臣弑成王》

完全读懂名句

1. 验：验证。

2. 从：听从。

语译：在事情的好坏已经验证之后，就算是最愚笨最残暴的人，也知道应该听从而后悔没有听从。然而，天下的言论，在事情的好坏还没有验证的时候来观察，怎么会不说困难呢？在事情的好坏已经验证后来观察，怎么会不说简单呢？我却以为，在事情的好坏还没有验证之前，观察言论看起来很困难，其实很简单；等到事情的好坏已经验证之后，观察言论看起来很简单，其实很困难。

名句的故事

楚成王想要立商臣为太子，却遭到令尹子上的反对。

吾独以为利害之未验，察言者若难而实易；利害之既验，察言者若易而实难子上说:"陛下的年纪尚轻,又有很多宠妃。如果将来陛下后悔,想改立宠妃的儿子为太子,这样一定会发生内乱。楚国的习俗是由年纪轻的当继位者。除此之外,商臣这个人,眼睛像蜜蜂,声音像豺狼,看起来就是一个残忍的人,绝对不可以立他为太子。"楚成王并未听从子上的建议,还是立商臣为太子。

过了不久,楚成王想改立商臣的弟弟职为太子。商臣听说了这件事,但是还不确定。他的幕僚告诉他:"国君有大小事都会对他的妹妹说,殿下可以故意对她不礼貌,探探她的口风。"商臣听了幕僚的建议,楚成王的妹妹果然被激出真话:"哼!你果然是个不长进的家伙,难怪你的父亲想要废掉你,改立你的弟弟为太子。"

商臣从姑姑口中确认了自己将要被废的消息,就领兵包围楚成王。楚成王为了拖延时间,故意说想要吃完熊掌再死。商臣不答应,楚成王只好自杀身亡。

子上预知了商臣的作乱,后世都认为他有先见之明,吕祖谦却认为,子上的话并不合道理。因为本来就该由嫡长子担任太子,子上的话只会兴起争端,可惜世人却被后来发生的史实所蒙蔽,所以他说:"吾独以为利害之未验,察言者若难而实易;利害之既验,察言者若易而实难。"(其实楚国的继承法和中原并不同,吕祖谦此处的批评是过苛了。)

历久弥新说名句

平原君赵胜是战国时代的"四公子"之一。平原君在赵国的势力极大,担任相国四十九年,其间虽然有乐毅、田单等人暂时取代了他的职位，但赵国大多数时间都由他主政。

平原君曾经提拔过赵奢、毛遂、公孙龙等人才，识人的眼光十分锐利，然而，在冯亭献上党一事上，他却看走了眼，下错了判断。

事情要从秦国和韩国之间的战争谈起。秦国为了吞并韩国的土地，多次进攻韩国。冯亭眼看守不住上党一地，就向赵国表明想要投降的意愿。平阳君赵豹对赵王说，韩国有意挑起赵国和秦国之间的争执，不可中计。

平原君赵胜则说："如果有百万大军，用一年的时间去攻打一座城池，恐怕都不一定打得下来。现在如此轻易地得到上党一地，这是国家的利益啊！"听了赵胜的话，赵王就接收了上党，想不到却因此引发了长平之战。赵国损失了四十万的兵力，从此一蹶不振。

司马迁评论平原君"利令智昏"，后来这四个字就成了一句成语。吕祖谦说："利害之未验，察言者若难而实易；利害之既验，察言者若易而实难。"利益往往会蒙蔽一个人的理智，让人看不清真相，在任何一个时代都是如此。

内暗则外求，
外求则内虚

名句的诞生

天下之患，不发于人之所备，而发于人之所不备。十事而记其九，来问者必其一之不记者也；六经而习其五，来难[1]者必其一之不习者也；四封[2]而守其三，来攻者必其一之不守者也。

——卷十七·《季文子如晋求遭丧之礼行》

完全读懂名句

1. 难：责难，质疑。

2. 封：边境。

语译：天底下的祸患，不发生在人们所防备的地方，而发生在人们没有防备的地方。十件事记住九件，来询问的人，一定是询问你没记住的那一件事情；六经里学会了五经，前来质疑的人，一定是质疑你没学会的那一本经书；四方的边境防守了三面，前来进攻的敌人，一定是攻打你没有防守的那一面。

名句的故事

公元前六二一年，鲁国大夫季文子奉派出使到晋国。出发之前，季文子向人请教："如果晋国发生了丧事，使者该怎么做？"有人说："晋国现在又没有这种情况发生。询问这种礼数到底有什么用呢？"

季文子说："古人说得好，凡事要预防万一。万一碰到了这种情况，临时要知道处理的方法，实在是很困难的一件事。如果没有碰到这种情况，现在就算白问了，对我而言，又有什么损失呢？"

季文子出使到晋国时，正是秦晋发生殽之战后的数年。晋襄公打了一场大胜仗，因此过着荒淫的生活。经过一段时间，晋襄公的身体状况越来越差，等到季文子到晋国没多久，晋襄公就死了。

此时，正当各国使节都手忙脚乱之际，季文子因为已事先询问过处理的方法，所以他的行事显得极为稳重而不慌乱。世人因此称许季文子做事是"三思而后行"。

对于季文子的谨慎，吕祖谦颇为称许。他说："天下之患，不发于人之所备，而发于人之所不备。"季文子做事，能够留意到他人未留意到的部分，这是他的优点。不过，孔子曾评论季文子："再，斯可矣。"意思是说，凡事考虑太多，反而会误事。吕祖谦本着孔子的观点，评论季文子的行事，认为处理丧事本来就是处理外交事务中的一环，所以没必要特别提出来谈。

历久弥新说名句

明代文学家方孝孺曾写过一篇《深虑论》。文中说："祸常发于所忽之中，而乱常起于不足疑之事。"这句话恰可以和吕祖谦所说的"天下之患，不发于人之所备，而发于人之所不备"相互阐发。

方孝孺引宋代史事为证，指出宋太祖赵匡胤因为担心重蹈前代军阀割据的覆辙，于是"杯酒释兵权"，借着一场酒宴，暗示石守信等人应解职归田，接着削弱各地方的兵力，以防地方兵力威胁中央。

然而，宋朝却因此大大减少了对外战争的能力，以致连年遭受辽国、西夏等外族的侵略，到后来甚至被金国消灭。

历史经常是一再重复的。周朝分封诸侯，所以诸侯威胁中央；秦朝因此废止分封诸侯，却使得地方势力崛起。然后，西汉分封诸王，引发七国之乱；东汉不封诸王，导致三国鼎立；西晋分封诸王，导致八王之乱；东晋不封诸王，导致朝代更替。

无论考虑得再周详，总会事出于意料之外。方孝孺在文中指出，与其考虑太多，倒不如累积德行，以求得到上天的眷顾。

天意难测，谁也不知道累积德行能不能真的得到上天的眷顾。然而，常做好事，必能广结善缘，遇到困难时，往往能得到他人的帮助。

现代有所谓"人情银行"的说法，平常多存一点"人情"，必要时就不怕得不到别人的帮助。

名句的诞生

见[1]怒于人，为吾解[2]者，必与吾亲者也；见疑于人，为吾辨者，亦必与吾亲者也。抑[3]不知怒可使疏者解，不可使亲者解；疑可使疏者辨，而不可使亲者辨。

——卷十八·《宋昭公将去群公子》

完全读懂名句

1. 见：被。

2. 解：排解，化解。

3. 抑：然而，可是。

语译：被他人所怨恨，替我排解，一定是和我亲近的人；被别人怀疑，替我澄清的，也一定是和我亲近的人。然而，人们不知道怨恨可以由和我疏远的人去化解，而不能让和我亲近的人去化解；怀疑可以由和我疏远的人去澄清，而不能让和我亲近的人去澄清。

名句的故事

春秋时代的宋昭公即位不久，就为了巩固政权，想要杀害其他王室成员。这时，司马乐豫前往劝阻。他说："其他的王室成员就像树木的枝叶。如果砍去枝叶的话，树干和树根就没有庇荫。如果善待其他王室成员，他们

抑不知怒可使疏者解，不可使亲者解；疑可使疏者辨，而不可使亲者辨

必然会成为忠心的大臣，不会有二心。何必杀害他们呢？"然而宋昭公并没有听从他的话，引发了内乱。后来，朝中的六卿出面调解，才解决这场纷争。

吕祖谦在读到《左传》的这段记载时，本以为乐豫只是一般的大臣。当他读到乐豫的身家资料时，才知道他是宋戴公的后裔，本身也是王室成员之一。吕祖谦依常理判断，认为"怒可使疏者解，不可使亲者解；疑可使疏者辨，而不可使亲者辨"。由关系亲近的人为自己说话，一定会引起对方的怀疑，认为一切辩解都不过是出自私心而已。乐豫身为王室成员之一，而为王室成员说话，等于是自己替自己辩护。宋昭公虽然没有听从乐豫的话，却也不认为他是出于私心。对于这种情况，吕祖谦另有一番见解。

宋昭公引发的内乱被平息后，乐豫毫不顾惜地把自己司马一职让给昭公的弟弟印，使宋昭公知道王室中也有人不在乎富贵。从这件事中，吕祖谦领悟到，正因为乐豫不在乎富贵，不把自己当成王室成员之一，才使得宋昭公也不把他当成王室成员，因此不会怀疑提防他。

历久弥新说名句

罗马作家西鲁斯说："盛怒之人，视忠告为罪行。"汉武帝时，李陵带领五千名士兵对抗匈奴八万大军。由于主帅李广利迟迟未来支援，以致李陵寡不敌众，终于兵败被俘。汉武帝对李陵的投降感到十分生气，这时，太史公司马迁替李陵说话，据实陈述李陵战败的责任应该归咎于李广利。汉武帝认为司马迁和李陵有私交，故意毁谤李广利，好替李陵开脱罪责，于是把司马迁投入大牢。后来，司马迁因此遭受到比死亡更难受的官刑。

"怒可使疏者解，不可使亲者解。"这句话确实有道理，但值得注意的是，所谓的亲疏，有时候是感受的问题，而不是实际的情况。司马迁和李陵本来没有什么来往，但是汉武帝却认为他们有交情，这是因为司马迁急于为李陵说话。

有一回，汉武帝的奶妈犯了错，要被赶出宫。她赶紧贿赂汉武帝身边的郭舍人，要他替她说话。郭舍人告诉奶妈："你只要在出宫前不断回头看皇帝就可以了。"当奶妈依照郭舍人的说法去做，郭舍人故意假装生气地大骂："你这个老太婆！皇帝已经长大，不需要喝你的奶了。你一直回头看，又有什么意义？"听了郭舍人的话，汉武帝想起奶妈从前对他的恩情，于是原谅了她。由此可见，替人辩解，重要的是了解生气者的想法，不是据理力争就可以解决问题的。

名句的诞生

使[1]其人道义可慕，忠信可友，乐易[2]可近，慈仁可依，则未有患难之始，吾固与之合[3]矣，岂必待患难而与之合耶？待患难而始合，则其合者非吾本心也，驱[4]于患难，苟[5]合以济事[6]也。

——卷十八·《士会不见先蔑》

完全读懂名句

1. 使：假使，如果。

2. 乐易：和乐平易。

3. 合：契合。

4. 驱：逼迫。

5. 苟：姑且。

6. 济事：度过困境，或使事情成功。

语译：如果这个人合道重义值得钦慕，忠诚信实值得交往，和乐平易可以亲近，慈爱仁德可以依靠，那么在还没有灾祸之前，我本来就会和他契合了，哪里要等到灾祸发生时才会和他契合呢？等到灾祸来了才互相契合，那么这样的契合并不是出自自己本来的想法，只是迫于灾祸，姑且在一起度过困境而已。

名句的故事

公元前六二一年，晋襄公驾崩。由于太子年幼，所以大臣赵盾主张拥立

待患难而始合，则其合者非吾本心也，驱于患难，苟合以济事也

211

较年长的公子雍为国君。他说："公子雍较为年长，而且被先君晋文公所宠爱，才会派他到秦国做官。拥立公子雍的话，不但是让好人执政，而且可以得到秦国的支持。"为了让公子雍顺利即位，他派先蔑和士会到秦国迎接公子雍。

为了让公子雍顺利即位，秦国特地安排军队护送他回国。这时，晋襄公的夫人抱着太子在朝廷上哭，还亲自到赵盾的府邸向他磕头，强调不可以违背晋襄公的意思。赵盾在无可奈何之下，只好拥立太子登基。

当护送公子雍的队伍来到晋国边境时，赵盾出兵阻止他们进入晋国。双方发生激战。赵盾原先所派的先蔑和士会两人没想到居然会被赵盾所背弃，只好一起逃到秦国。

先蔑和士会两人遭遇相同，本该同病相怜，但是士会却始终不愿意和先蔑见面。士会说："我只是和他遭遇相同而已，不代表我认同他这个人。"

吕祖谦说："待患难而始合，则其合者非吾本心也，驱于患难，苟合以济事也。"因为士会懂得这个道理，不愿意因为灾祸而勉强和不喜欢的人在一起，所以他不肯见先蔑。

吕祖谦认同士会的想法，却也认为他矫枉过正，即使不喜欢对方，也不必因灾祸而刻意疏远对方，只要以平常心对待即可。

历久弥新说名句

唐朝诗人白居易曾写过一首《琵琶行》。诗中有一句传唱千古的佳句："同是天涯沦落人，相逢何必曾相识。"道尽许多患难知交的共同心声。

这首诗的背景是这样的：唐宪宗元和十年，宰相武士衡和御史中丞裴度因为主张削弱藩镇势力而遭到暗杀。事件发生以后，由于朝中众人害怕藩镇而使得刺客逍遥法外。

白居易仗义执言，要求追捕刺客，但因为越权而被贬为江州司马。有一天，白居易送客人远行，无意间在江上遇到一位善于弹奏琵琶的女子。白居易受琵琶声所感动，进而询问琵琶女的身世，才知道她本是一位出色的乐伎，因故嫁给茶商。无奈茶商忙于生意，时常冷落琵琶女。

听了琵琶女的身世，白居易想到自己被流放到江州，和琵琶女的身世相近，于是感慨写下《琵琶行》这首诗。

元朝的马致远编写了一出《青衫泪》。剧中把白居易和琵琶女写成一对恋人，因琵琶声而重逢。这出戏曲固然表达了世人对才子佳人结合的期望，却不是白居易原作的精神。

吕祖谦说："待患难而始合，则其合者非吾本心也。"共同的痛苦遭遇固然使人暂时有心灵契合的感受，但毕竟只是一时。当痛苦随着时间远去，心灵契合的感受也随之淡去。一时迷恋还是真心爱恋，对恋人们而言，实在是一道难解的谜题啊！

吾是以知世人之所谓急者，未始不为缓；世人之所谓缓者，未始不为急也

名句的诞生

今郤缺[1]为卫请侵地于赵宣子[2]，乃取古人之陈言，所谓六府[3]三事[4]九歌[5]者，谆谆而诵之。此何时而为此言耶？然而言出而地归，曾不旋踵[6]。持断编腐简熟烂之语，而速于辨士说客捭阖[7]之功。吾是以知世人之所谓急者，未始不为缓；世人之所谓缓者，未始不为急也。

——卷十八·《晋郤缺言于赵宣子归卫地》

完全读懂名句

1. 郤缺：晋国大夫。

2. 赵宣子：晋国大夫，即赵盾。

3. 六府：指水、火、金、木、土、谷等六种民生物资。

4. 三事：指正德、利用、厚生等三种施政要项。

5. 九歌：九德之歌。因为六府三事都可以入歌，所以称为九歌。

6. 旋踵：转动脚跟。形容时间很短。

7. 捭阖：指游说的技巧。

语译：现在郤缺替卫国向赵盾请求归还从前侵占的土地，竟然是拿古人所说的陈旧话语，像六府、三事、九歌这类的论点，一再反复。时间急迫了，居然还讲这样的话？可是话一说出来，晋国就将土地归还了，而且是如此迅速。拿着老旧书本里的老旧话语，居然比说客精妙的论辩技巧收效还快。我从这里知道世

人认为紧急的事情，未尝不能用缓慢的方式去完成；世人认为缓慢的方式，未尝不能完成紧急的事情。

名句的故事

春秋时代，弱小的卫国因为得罪了晋国，所以被侵吞大量的领土。公元前六二〇年，晋国大夫郤缺对掌权的赵盾说："卫国得罪了晋国，所以要讨伐它；现在它归顺了晋国，就应该安抚它。"郤缺举出许多典籍上的说法，试图说服赵盾。赵盾听了郤缺的话，就把土地还给卫国了。

吕祖谦认为，卫国正当危急之际，有心拯救卫国的人一定会积极为它说话。郤缺的话，不过是一些陈腔滥调，看似迂阔而不实际，却在最短的时间内发挥效用。他说："吾是以知世人之所谓急者，未始不为缓；世人之所谓缓者，未始不为急也。"指的就是这样的情形。

北宋初年，天下统一不久，乱事也才刚平定。赵普在这样的情形下担任宰相一职，负起协助皇帝管理天下的重责大任。对于身负重责的赵普，宋太祖赵匡胤要求赵普居然是——多读书。赵普读的不是什么管理学类的秘笈，只是读书人必读的《论语》。宋初的局势，不可以说不"急"，而赵普所读的《论语》，不可以说不"缓"。

世人都知道，《论语》记载的，都是一些修养德行的道理，加上这是一本先秦时代的书，离宋朝可说有千年之远。然而，赵普就是靠着这一本书，分别在太祖、太宗两朝做宰相，并留下了"半部《论语》治天下"的美谈。

历久弥新说名句

孔子说："欲速则不达。"这句话后来成为人们耳熟能详的成语，理由在于，大事也好，小事也罢，这类情形总是一再发生。

宋代的苏轼曾写过一篇《贾谊论》，认为西汉的贾谊急于求用，不能有所等待，以至于年方壮年就抑郁而终。在贾谊很年轻的时候，就已经得到汉文帝的青睐，有心重用他。但是，贾谊的锋芒太露，太急于表现，因而遭到其他重臣的反对，汉文帝只得把他外放到别处。

贾谊被外放之后，心情十分低落，悲观地看待世事，曾经写《吊屈原赋》《鵩鸟赋》来表达心中的不满。后来，他当上了梁怀王太傅，而梁怀王意外坠马而死，贾谊十分自责，第二年就死了。死的时候才三十几岁。

以贾谊的才华，加上身处汉朝盛世，他其实是很有机会一展抱负的，但是他太过心急，以致遭到排挤，更因为太悲观丧志而早死，留下无限的遗憾而离开世间。

苏轼的情况其实跟贾谊有点类似。苏轼也是很早就被重视，不过一直到后来都没有得到真正的重用。

吕祖谦说："吾是以知世人之所谓急者，未始不为缓；世人之所谓缓者，未始不为急也。"孰缓孰急，原来是一门高深的学问呢！

名句的诞生

待人欲宽，论人欲尽[1]。待人而不宽，君子不谓之恕；论人而不尽，君子不谓之明。善待人者，不以百非没[2]一善；善论人者，不以百善略[3]一非。

——卷十九·《宋襄夫人杀昭公之党》

完全读懂名句

1. 尽：详尽。

2. 没：无视，忽视。

3. 略：忽略。

语译：对待一个人要宽厚，评论一个人要详尽。对待人不够宽厚，君子就会说不懂得设身处地；评论一个人不够详尽，君子就会说不懂得详察事理。善于对待他人的，不因为对方有许多缺点，而无视他的一项优点；善于评论他人的，不因为对方有许多优点，而忽略他的一项缺点。

名句的故事

孔子不认同学生子贡批评别人的做法，他自己却写了一本专门用来批评的书——《春秋》。

《春秋》原本指鲁国的历史，由鲁国的史官负责编写。春秋时，天下大乱，达官显贵胡作非为，却往往没有人能制裁他们。

对于这种情形，孔子感到无比痛心，于是动笔编写《春秋》一书，除了记录忠臣孝子的嘉言善行，借以感动人心之外，更把达官显贵的胡作非为写入历史，让他们受后世唾骂。

待人处事和议事论理不同，吕祖谦从孔子的做法领悟到"待人欲宽，论人欲尽"的道理，并运用这个道理评论宋国的荡意诸这个人。

荡意诸在宋昭公时担任司城一职。宋昭公并未礼遇祖母宋襄夫人，宋襄夫人就设法削弱宋昭公的势力，荡意诸为了避祸而逃往国外。后来，他回到国内，官复原职。宋襄夫人有心趁宋昭公打猎时杀了他。消息传开之后，宋昭公仍坚持前往，荡意诸也坚持陪同。两人因此同时被杀。

当宋昭公身涉险境时，许多人背弃了他，而荡意诸不离不弃，吕祖谦认为，在待人处事上，他是应该受肯定的。

然而，吕祖谦认为，荡意诸不但不善于规劝国君，也不善于保护国君，又不能及早离去，这都是他值得非议之处。吕祖谦借由评论来提醒自己，将来的善行不见得能够弥补现在的过错，所以行善必须及时。

历久弥新说名句

《菜根谭》说："事穷势蹙之人，当原其初心。"这是因为"待人欲宽"，即使别人失败，也要看看他的出发点是什么。

《菜根谭》又说："功成行满之士，要观其末路。"这是因为"论人欲尽"，即使别人有了什么好表现，也要看他是否能保持下去。

王旦在宋太宗时中进士，后来一路升官，宋真宗还曾经对人说："将来能够帮助寡人安定天下的，一定是这个人啊！"王旦的地位越来越高，因此招来不少忌恨，甚至连贤能的寇准都曾因此感到愤愤不平。

有一回，王旦所掌管的中书省送了一份格式错误的公文给寇准所掌管的枢密院。寇准立刻向皇帝报告这件事，使王旦受到了处分。过了没多久，中书省收到枢密院送来的一份公文，格式同样有误。中书省的主事者立刻向王旦报告。想不到，王旦完全没有借机报仇的打算，只是把公文退还给枢密院，要求改正。

寇准经常说王旦的坏话，但是王旦却时常说寇准的好话，由此可见，他是一个度量宽宏的人。虽然如此，他却因为没有尽力阻止真宗迷信的封禅大典，被许多史家批评为只顾念自己官位的无耻之徒。

平心而论，从待人一事来看，王旦确实是个度量宽宏的好人，但是在重要时刻，他却没有坚持住自己的立场，史家"论人欲尽"，也难怪他会遭受这样的批评了。

观人之道，自近者始

名句的诞生

观人之道，自近者始。一言之误，一行之愆[1]，同室者知之，同里者未及知也；同里者知之，同国者未及知也。国疏[2]于里，里疏于室，地愈疏则知愈晚，理也，亦势也。

——卷十九·《范山说楚子图北方》

完全读懂名句

1. 愆：过错，音"qiān"。

2. 疏：远。

语译：观察一个人的方法，要从近的地方开始。说错了一句话，做错了一件事，同一个屋子里的人知道了，同里的人还不见得知道；同里的人知道了，同国的人还不见得知道。国比里远，里比家远，地方愈远，知道得愈晚，这是常理，也是必然的情况。

名句的故事

人的一言一行，身边的人最清楚，知道得也最快。吕祖谦从逻辑的推论上，得到"观人之道，自近者始"的结论。不过，他却从历史里，得到完全相反的结论。

楚穆王八年，也是晋灵公即位三年的时候，楚国大夫范山对楚王说：

"晋国的国君年纪尚轻,而且无心于称霸诸侯,不如趁这个机会攻打北方。"楚王听从他的建议,出兵攻打郑国,获得胜利。

晋灵公是个荒淫无道的君主,然而,他被杀死是在他即位十四年后的事。在他即位之初,朝中对他并没有异议,国外对他也没有恶评,似乎还不知道他是个无道昏君,而远在楚国的范山却知道。吕祖谦认为,并不是晋灵公身边的人没看到他的缺失,而是受到蒙蔽。

《战国策》里有一个故事:齐国有个名叫邹忌的人,自负外表俊俏。他听说城北有个姓徐的书生长得很俊俏,他就问妻子、侍妾、来访的客人,两人谁比较帅,每个人都说是他。等他亲眼见到徐书生,自叹不如,这才领悟到,他的妻子爱他,他的侍妾怕他,他的客人有求于他,所以都没有说出真相。

熟悉史传的吕祖谦,将《战国策》故事里的道理,不着痕迹地放入自己所写的《东莱博议》中,用以评论范山游说楚国图谋北方这段史事。吕祖谦真可说是会读书,又能用书之人啊!

历久弥新说名句

《东莱博议》说:"观人之道,自近者始。"在这句话中,"始"才是真正的重点。观察一个人,要从近处开始,但不能认为眼前所观察的就是全部,观察一件事也是如此。

有一回,宋太宗邀集百官,举行宴会。他看着满桌的菜肴,得意地说:"物产丰富,菜肴才能如此丰盛,这代表我治理得相当成功。"他的大臣中一位名为吕蒙正的人立刻说:"微臣就在都城外不远处亲眼见到有人受寒受冻而死。陛下的眼光如果能够由近及远，才是万民之福。"

吕蒙正是吕祖谦的七世从祖，因个性正直而闻名后世。他冷不防浇了皇帝一盆冷水，旁人都为他捏了一把冷汗。他所说的事，旁人应该知道，但没有人敢像他这样直言不讳。

《菜根谭》说："冷眼观人，冷耳听语，冷情当感，冷心思理。""冷"就是"客观"，无论是观察一个人，听一段话，面对自己的感情，思考一个道理，都要保持着客观的态度。

名句的诞生

名不可以幸[1]取也。天下之事，固有外似而中实不然者。幸其似而窃[2]其名，非不可以欺一时，然他日人即其似而求其真，则情见[3]实吐，无不立败。

——卷十九·《楚文无畏戮宋公仆》

完全读懂名句

1. 幸：侥幸。

2. 窃：窃取。

3. 见：表现、显现。

语译：名声是不可以侥幸取得的。天底下的事情，本来就有外表相似，而内在其实不相同的。侥幸靠着一时之名而窃取名声，并不是不可能欺骗一时，但是日后别人就名声来要求实际的表现时，实情就会显现，事实就会显露，没有不立刻败露的。

名句的故事

公元前六一七年，楚国准备攻打宋国，宋昭公亲自向楚穆王表达了屈服的意思。

楚穆王带着宋昭公到孟诸打猎，文无畏也参加了这次打猎行动。由于宋昭公未能及时依照命令做事，文无畏

名不可以幸取也

就在宋昭公的面前鞭打他的仆人，一点面子也不留给宋昭公。

有人对文无畏说："国君是不可以侮辱的。"文无畏摆出一副满不在乎的表情说："我只知道按照职责做事，怎能因为担心侮辱国君而危及生命，导致我失职呢？"

二十年后，楚庄王准备派人出使到齐国，虽然途中会经过宋国，但是楚庄王自恃国力强大，根本没打算事先向宋国借路。对宋国而言，楚国的这种做法无疑是一种挑衅的行为。

楚庄王并不害怕宋国，但是出使的人非得有胆量不可，于是楚庄王想到先前敢侮辱宋国国君的文无畏。

一听到自己要被派去出使齐国，文无畏立刻露出害怕的表情，向楚庄王求情："宋国国君不明事理，做事顾前不顾后，我这么一去，恐怕会被杀死吧？"楚庄王傲慢地说："宋国敢杀你？难道他们不怕我出兵攻打吗？"

文无畏来到了宋国境内，宋国果然杀了他。虽然楚庄王立刻出兵为文无畏报仇，但是已经救不回文无畏的性命了。

吕祖谦读到文无畏侮辱宋昭公的历史记载，想到了他后来的下场，于是感慨地写下"名不可以幸取也"这句话。

吕祖谦认为，文无畏虽然侥幸骗到了英勇尽职的美名，却终究必须为此付出代价。文无畏的例子，值得后人引为借鉴。

历久弥新说名句

楚国有一个人，因为狐狸为患，一直很苦恼。有人告诉他："老虎是百兽之王，任何动物看到它，都会吓得逃走。"那个人听了这话，就去买了一张老虎皮，假装成老虎的样子，狐狸不但被假老虎吓到了，甚至还吓得腿软，就这么被抓了。

过了几天，他的田里来了一头山猪，把农作物都踩坏了。那个楚国人想起先前的经验，再次披上老虎皮。山猪果然被吓得落荒而逃，结果误逃到大街上，就这么被抓了。

又过了一阵子，田里出现了一只怪兽。怪兽看起来很凶猛，可是有了前两次经验，楚国人已经认为靠着老虎皮足以吓走所有动物了，于是重施故技。没想到，那只怪兽看到假老虎，生气地冲上前撕咬。楚国人哪里是怪兽的对手，就这么被咬死了。

"名不可以幸取也"，靠着侥幸获得的名声，或许可能侥幸获得利益。但是，侥幸是暂时的，迟早得用真实的自我面对世人，届时，侥幸的名声非但不能带来好处，反而会带来更大的害处。

英国哲学家培根曾说："把一个人所有的才能和价值完全显露出来，才能获得真正的荣誉。"古人强调"循名责实"，指名声要和实际的作为相符合，这正是一个人为人做事最应该注重的。

天下之情，待之厚者责之厚，待之薄者责之薄

名句的诞生

天下之情，待之厚者责[1]之厚，待之薄者责之薄。厚责难胜[2]，谤之所集；薄责易塞[3]，誉之所归。是故名大于实者，先荣而后辱；实大于名者，先辱而后荣。非人情之多变也，失所期则怒，过所期则喜。喜怒之变，即荣辱之变也。

——卷二十·《秦伯使西乞术来聘》

完全读懂名句

1. 责：求。

2. 胜：承受。

3. 塞：达成。

语译：天下的常情，厚待某一人就会要求他比较多，亏待某一个人就会要求他比较少。要求多，对方难以承受，就会招来批评；要求少，对方容易达成。因此，名声大于实质的，往往会得到赞誉而后遭受耻辱；实质大于名声的，往往会先遭受耻辱而后得到赞誉。并不是因为人心太过善变，而是人们会因为达不到期望而生气，超过期望而高兴。高兴或生气的转变，就是赞誉或批评的转变。

名句的故事

宋朝的官场规定，担任御史一职，如果在一百天内没有对朝政提出任何

建议，就会被流放到外地，派任为地方官。

有一个名为王平的御史，上任即将届满一百天，却连一点意见都没有提出。他的同事都觉得很惊讶，有人说："王平一直没有提出意见，当他提出意见时，一定是有大事发生。"

有一天，王平终于呈上奏章，众人纷纷探听，王平所提出的建议究竟是什么？答案揭晓，原来是有人在皇帝的菜里发现一根头发。

众人大笑，因为这实在是一件微不足道的小事。"待之厚者责之厚"，期待越高，失望就越大。

再谈"待之薄者责之薄"。公元前六一五年，秦国派西乞术出使到鲁国。鲁国是最熟悉礼仪的国家，而西边的秦国一直被当作蛮夷之邦看待。秦国的西乞术来到鲁国，很多人都等着看他的笑话，看他什么时候会做出失礼的举动。

然而，西乞术的谈吐、行为完全没有失礼的地方，负责款待他的鲁国大夫襄仲惊讶地说："秦国绝对不是一个粗俗、不懂礼节的国家。"说完还送了许多礼物给西乞术。

吕祖谦认为，鲁国是礼仪之邦，懂得礼节的人比比皆是，然而，襄仲为什么这么称赞西乞术呢？理由在于，他本来瞧不起秦国人，但西乞术的表现却超出他的期望，所以才会特别称赞西乞术。

历久弥新说名句

苏轼在《应制举上两制书》一文说："人各有才，才各有小大。大者安其大而无忽于小，小者乐其小而无慕于大，是以各适其用而不丧其所长。"人们都知道不能让能力差的人做大事，却不知道让能力强的人兼顾大小事，也会让他忙不过来而出状况。

每个人的能力都不相同，能力强的人尽力做大事，能力差的专心做小事，如此一来，无论能力大小，每个人都能发挥自己的长处，也都能得到自我的肯定。

楚幽王在做太子时养了一只猫头鹰。他用凤凰所吃的梧桐树果实喂它，希望它能像凤凰一样鸣叫。然而，猫头鹰始终是猫头鹰，永远不可能有凤凰的歌喉，结果是楚幽王气坏了，猫头鹰也饿坏了。

凤凰虽是最珍贵的鸟，但猫头鹰也有它的长处。世上不可能全都是凤凰，也不应该全是凤凰。

现今许多父母，逼孩子学习一大堆才艺，一心盼他成凤成龙。这样的心态固然无可厚非，但是，"待之厚者责之厚"，父母害怕子女未能达到自己的期望，子女也害怕达不到父母的期望，双方都承担极大的压力，倒不如像苏轼所说"大者安其大而无忽于小，小者乐其小而无慕于大"，让子女适性发展即可。

无论才能大小，只要待在适合他的位置上，纵然不能成大器，也能做个有用的人，在自己的领域发光发热。

名句的诞生

昔之智者所以宁使名负[1]我，而不使我负名也。名负我，则责[2]在名；我负名，则责在我，二者之劳逸相去[3]亦远矣。虽然，此犹未免名与我之对也。形不知有影，而影未尝离形；声不知有响[4]，而响未尝离声；圣人不知有名，而名未尝离圣人。

——卷二十·《秦伯使西乞术来聘》

完全读懂名句

1. 负：辜负，此指名实不副。

2. 责：责任。

3. 去：距离，差别。

4. 响：回音。

语译：从前的智者宁可让名声辜负自己，也不让自己辜负名声。名声辜负自己，那么责任要由名声承担；自己辜负名声，那么责任要由自己承担，二者之间的责任差距实在是太大了。虽然如此，这种说法未免有把名声和自己对立起来的缺失。形体不知道有影子的存在，但是影子从来就不曾离开形体；声音不知道有回音的存在，但是回音从来就不曾离开声音；圣人不知道有名声的存在，但是名声从来就不曾离开圣人。

名句的故事

　　北宋有一位名人林逋，字君复。他

圣人不知有名，而名未尝离圣人

不求名利，长年隐居在西湖的孤山上，终身不仕也未娶妻生子，平日种梅养鹤，后人称他为"梅妻鹤子"。林逋善写诗，诗大多反映隐居生活，写梅尤其入神，人品高洁，文采清丽。

林逋曾说："我的志向不在成家，也不在立业。功名富贵对我而言就像浮云一样没什么意义，我只觉得青山绿水和我的个性最为契合。"

虽然林逋不求名利，宋真宗却听到他的名声，于是他赐给林逋许多食物和布匹，定期派人问候他的生活。他活到宋仁宗天圣六年，也就是公元一〇二八年，死后宋仁宗赐给他"和靖"的谥号，从此后人称他为"和靖先生"。

许多人一提起梅花就会想到林逋，他的名声一直流传到现在。现在西湖孤山一带有"放鹤亭"及"林和靖先生墓"，都是用来纪念他的地方。不求名，却得到大名，这样的结果看起来有点突兀，若从吕祖谦的论点来看，就一点也不奇怪了。

吕祖谦说："形不知有影，而影未尝离形；声不知有响，而响未尝离声；圣人不知有名，而名未尝离圣人。"林逋的性情淡泊，和追逐名利的世人恰成对比。

历久弥新说名句

《东莱博议》说："圣人不知有名，而名未尝离圣人。"

《菜根谭》则说："平民肯种德施惠，便是无位的公相；士夫徒贪权市宠，竟成有爵的乞人。"对社会没有贡献，就是身处高位，一心求名，终究是徒劳无功。若诚心助人，就算无权无势，名声也会不求自来。

在先秦时代，墨子的名声足以和儒家并列。他的名声并不是来自他的地位，不是来自他的财富或口才，而是来自他热诚助人的心。

有一回，墨子听说楚国找来名工匠公输班，造了一座精巧的云梯，准备攻打宋国。墨子知道这件事，立刻从鲁国出发，不眠不休走了十天。双脚磨破了皮，流出了鲜血，墨子就撕下衣服，包裹伤口，继续赶路。

墨子赶到了楚国求见楚王。一见到楚王的面，墨子就说："你是打不下宋国的。"楚王说："公输班已经为我建造极精巧的攻城器具。"墨子立刻出示他所做的守城器具模型，让楚王知道宋国已经有了防备的能力，因而阻止一场战争。

墨子凭着满腔的热诚，感动了无数的追随者。他的"兼爱"学说带有宗教家最高的爱人情怀，让世人无不佩服他的热情，他的声名也因此流传至今。

名句的诞生

见一事而得[1]一理，非善观事者也；闻一语而得一意，非善听语者也。理本无间[2]，一事通则万事皆通；意本无穷，一意解则千语皆解。

——卷二十·《随会料晋师》

完全读懂名句

1. 得：领悟。
2. 间：分别。

语译：看到一件事才领悟一个道理，这并不是擅长观察事情的人；听到一句话才领悟一个意思，这并不是擅长听取言论的人。道理本来就是没有分别的，一件事懂了，那么许多事情就懂了；意思本来就是无穷无尽的，一句话懂了，那么很多话就懂了。

名句的故事

吕祖谦的好友朱熹是南宋大儒。朱熹所继承的是"二程"的学说。"二程"是一对兄弟，哥哥名叫程颢，人称"明道先生"，弟弟名叫程颐，人称"伊川先生"。哥哥程颢性情和善，与学生相处融洽，师生和乐，后人因此用"如沐春风"形容程颢亲切的指导。

程颐则是个很严肃的人。有一回，

程颢跟长辈一起出游，同行的人开心地谈天说笑，程颐很生气地对那些说笑的人说："你们和长辈同行，竟然这么不庄重，成何体统？"那位长辈听程颐这么一说，就赶走那群说笑的人。

由于程颐活得比程颢久，所以程颢有许多学生在他死后改投程颐的门下，受程颐影响的人就比较多。程颐曾提出"理一分殊"的论点，意即道理原本只有一个，只是分散在不同的事物上，而有不同的表现。朱熹曾用"月映万川"的比喻来说明这个道理。明月照在大大小小的河流上，反映出大大小小的月亮，但天上的月亮始终只有一个，就像是道理只有一个的意思一样。

吕祖谦在评论《左传》中随会、公山不狃的事情时，有意无意地提出与好友相似的说法："理本无间，一事通则万事皆通。"借此说明，从古代的史事可以领悟到历久弥新的道理。

历久弥新说名句

"理本无间，一事通则万事皆通"一语源自《易经·系辞》所说的："天下同归而殊涂（途），一致而百虑。""同归"指的是目标相同，"殊涂（途）"指的是方法或说法不同；"一致"指的是道理相同，"百虑"指的是想法不同。

实践"一致而百虑"最彻底的思想家是庄子。庄子时常强调，天下没有绝对的是非，即使是错误的想法，只要调整方向，同样可以通往真理。举例来说，如果想前往北方，而踏上了向南的道路，只要在路上多问一些人，多转几个弯，虽然多绕一些路，但是同样可以走回正途。怕的是不肯继续走下去。

有一回，东郭子问庄子："真理在哪里？"庄子说："真理

233

在蚂蚁上。"东郭子说："怎么在这么低贱的东西上？"庄子说："真理在杂草中。真理在砖瓦下。真理在屎尿里。"连屎尿里都有真理，又有什么地方没有真理存在呢？这就是庄子所要传达的观念。

名句的诞生

物固有不可并[1]者。一事而是非并，择一焉可也；一人而褒贬并，择一焉可也。参[2]是于非，等褒于贬，则其论斗阋陵夺[3]，无以自立于天下。信矣！说之不可并也。并其不可并，岂君子乐为异论哉？

——卷二十·《赵盾纳捷菑于邾》

完全读懂名句

1. 并：同时存在。

2. 参：混杂。

3. 斗阋陵夺：互相冲突矛盾。

语译：世上有些事情是不可以相提并论的。一件事有正确或错误两种说法，选择其中一种就可以；一个人有赞美或批评两种说法，选择其中一种也是可以的。把正确或错误两种说法混杂不分，把赞美或批评两种说法看作相同，那么论点就会互相矛盾冲突，反而无法在世间被接受。这是确实的啊！不同的说法是不可以同时存在的。然而，有时会同时提出不可以同时存在的说法，这哪里是君子喜欢发表与人不同的论点呢？

名句的故事

公元前六一三年，晋国大夫赵盾率领各国的军队，准备护送邾文公的

物固有不可并者。一事而是非并，择一焉可也；一人而褒贬并，择一焉可也

次子捷菑回国即位。

邾国原本是小国，没有力量对抗晋国和各国联军，但他们仍据理直言："就地位来说，我们国君的母亲是元妃，捷菑的母亲是次妃；从年纪来说，我们国君是兄长，捷菑是弟弟。我们的国君即位才是合理。"

听了邾国人的话，赵盾完全无法反驳，只好说："让嫡系的长子即位，这本来就是合情合理的，如果非要违背这个道理，恐怕不是什么好事。"说完，就带着军队回去了。

后人对赵盾的做法有双重的评价。认同他的人说，他虽然犯了错，但是懂得改过，这是值得嘉许的；不认同他的人说，赵盾到了邾国才后悔，未免太晚了。

吕祖谦认为，就一般人而言，认同其中一种说法即可，因为"物固有不可并者。一事而是非并，择一焉可也；一人而褒贬并，择一焉可也。"然而，对深明道理的君子而言，两极的评价也可以同时出现在同一个人或同一件事之上，倒不一定受"不可并"的限制。

北宋的王安石变法也是备受争议的议题，不认同他的人说他是"古今第一小人"，如明代的杨慎；认同他的人说他是"不世出之杰"，如清末的梁启超。

翻开历史，王安石变法其实有着非常复杂的时代背景，恐怕不是赞美或批评可以概括的。

历久弥新说名句

大多数人都喜欢赞美，不喜欢批评，然而，要得到所有人的赞美却是一件几乎不可能的事。即使是被尊称为"至圣先师"

的孔子，也难免遭到批评。当时有人笑他迂腐，后世有人骂他封建，然而，即使是恶毒的批评，也难以减损孔子的人格。

父子骑驴是一则流传已久的寓言。儿子骑在驴上，被路人骂为不孝；父亲骑在驴上，被路人骂为不慈；父子都骑驴，被路人骂为不仁；父子都不骑驴，被路人骂为不智。无论怎么做都错，若要不受批评，又怎么可能呢？

吕祖谦认为："物固有不可并者。一事而是非并，择一焉可也；一人而褒贬并，择一焉可也。"骑驴的父子若能了解《东莱博议》所说的这个道理，必然不会陷入进退两难的困境。

是非褒贬，择一即可，但不是顺着自己的意思选择，否则人们都只选好听的话来就够了，世间就没有是非善恶了。

"择一焉可也"句中的"择"，必须是评估衡量后的结果。好人认为我所做的事情是对的，坏人认为我所做的事情是错的，我当然是相信好人所说的。若是好人认为我所做的事情是错的，坏人认为我所做的事情是对的，那么我还是相信好人所说的。赞美或批评不是我们抉择的标准，话语的可信度才是。孔子说的"唯仁者能好人，能恶人"就是这个道理。

大抵能害人者必能利人，能杀人者必能生人

名句的诞生

大抵能害人者必能利人，能杀人者必能生[1]人。纣虽下愚不移，然操柄[2]犹未尽失。使其移比干[3]之戮于崇侯[4]，移崇侯之宠于比干，朝发鹿台[5]之财，暮发巨桥[6]之粟，乌知其不祈天永命，编名六七君[7]之列乎？

——卷二十·《周公王孙苏讼于晋》

完全读懂名句

1. 生：使人活下来。

2. 操柄：掌握的权力。

3. 比干：商朝的贤臣，纣王的叔父。因为劝谏纣王，被挖心而死。

4. 崇侯：商朝的奸臣，名虎。曾经在纣王面前说周文王的坏话，使周文王被囚禁。

5. 鹿台：纣王的财库。

6. 巨桥：古代的仓库名。

7. 六七君：孟子曾说，商朝从汤到武丁之间，有六七位贤能的君主。

语译：大致上，能够害人的一定有能力可以帮人，能够杀人的也一定有能力可以救人。纣王虽然是难以改变的恶徒，但是他所掌握的权力还没有完全丧失。如果他杀的不是贤臣比干而是奸臣崇侯虎，宠幸的是贤臣比干而不是奸臣崇侯虎，早上把鹿台的财物发给百姓，晚上把巨桥的食物发给人民，又怎么知道他不

会因此得到上天的眷顾，不仅长寿，甚至还能够列名在孟子所说的商朝贤君之中呢？

名句的故事

商朝时，虞国和芮国为了争夺土地而发生争执。由于纣王残暴不仁，整天沉迷在酒色之中，所以两国都不信任纣王，不想由纣王来判断是非。

他们听说西伯姬昌教化百姓十分成功，于是两国国君约定一起西行，希望西伯为他们解决纷争。当他们到达西伯管辖的地方后，发现当地人互相谦让：耕田的人让地给别人，走路的人则互相礼让，做官者争着把官位让给他人。两国国君大受感动。

春秋时，太宰周公阅和卿士王孙苏为了争夺太宰一职，发生争执。他们并未请天子周匡王解决纷争，而打算请晋国解决他们的问题。周匡王本来答应帮助王孙苏，事到临头却又后悔，派人替周公阅说话。后来，晋国大夫赵宣子出面，解决了这场王室的纠争。

吕祖谦认为，商朝时的虞国和芮国虽然不服纣王，但毕竟不是朝廷里的纷争，换言之，纣王仍有相当的权力。如果他能够改变做法，去恶行善，说不定仍然大有可为，这就是"能害人者必能利人，能杀人者必能生人"。至于周匡王的时候，连王室里的纠纷都要由诸侯来解决，这代表周朝已经名存实亡，就算周天子有心作为，又怎么可能成功呢？

北宋亡后，南宋朝廷仍保有半壁江山，如果朝廷能励精图治，率兵北伐，说不定能成就一番功业，这正是吕祖谦对当时朝廷的期望。

历久弥新说名句

才能是一把利刃，掌握在恶人的手里，就会做出危害社会的事；掌握在善人的手里，就能做出许多有益人群的事。

东汉的许劭曾经评论曹操是："治世之能臣，乱世之奸雄。"有人认为，"能臣"和"奸雄"是相互矛盾的，一个人怎么可能既能够成为"能臣"，又能够成为"奸雄"？

正如吕祖谦所说的："大抵能害人者必能利人，能杀人者必能生人。""害人"和"利人"所需的能力是相近的，端看如何利用。

美国的法兰克·阿伯尼尔曾写一本自传式小说。小说以他个人的真实人生为题材，叙述他假扮机长、律师、教授、医生等，并且用伪造的支票在世界各国诈骗了数百万美元的经过。法兰克从十六岁开始犯案，到二十一岁被法国当局逮捕。他被关了五年，美国执法单位以释放他为条件，要求他协助处理身份盗用及其他金融案件。

由于法兰克深知票据作业及身份证明的漏洞，因此他四处演讲，教导他人如何识破伪造文书及诈欺等。他还设计了一些安全的票据作业模式，以防止再度出现像他这类的金融诈欺犯。

法兰克后来成为防范身份伪造及金融犯罪的权威，他的传奇故事更被拍成电影。在惊讶于他的传奇一生之时，相信有许多人一定会认真思考，自己该如何正确利用自己的才能？

名句的诞生

天下之事，有非出于人情之常[1]者，其终必不能安。受施者致[2]其报，施者享其报，人情之常也。居施者之地而为报者之事，非人情之常也，矫[3]也。

——卷二十一·《晋侯泰伯围郑》

完全读懂名句

1. 人情之常：平常人在一般情况下的情绪反应。也作"人之常情"。

2. 致：尽力。

3. 矫：违反常情。

语译：天底下的事情，只要不是出于人之常情，到最后就一定不会顺利。接受恩惠的人尽力回报，施加恩惠的人接受他人的回报，这是人之常情。若是身为施加恩惠的人，却仍再做报恩之事，这不是人之常情，而是矫情。

名句的故事

　　春秋时代，晋国发生内乱。晋献公的宠妃骊姬害死太子申生，逼晋国公子夷吾、重耳两人逃亡国外。内乱平定后，秦穆公先送夷吾回国即位，也就是晋惠公，晋惠公死后，秦穆公又送重耳回国即位，也就是晋文公。

天下之事，有非出于人情之常者，其终必不能安晋文公流亡国外期间，受到郑国的无礼对待，即位以后，就联合秦国，一起攻打郑国。

郑国受到两个大国的合攻，原本应该是非亡不可，却凭大夫烛之武的口才，不但劝退了秦国军队，甚至说动秦国军队协助防守郑国，终于解决了一次重大危机。

有人认为，秦穆公既然答应晋国合攻郑国，就不该再派人防守郑国，并认为这是秦国和晋国后来发生冲突的导火线。

吕祖谦认为，秦国和晋国最大的冲突并不在此，而在秦国的态度。秦国帮助晋文公即位，这是最大的恩惠，本可要求晋国报答，然而秦国却事事迁就晋国，简直把晋国看作恩人一般。

"天下之事，有非出于人情之常者，其终必不能安。"秦穆公身为晋文公的恩人，却把晋文公看作恩人一般，一味讨好晋国，这不是人之常情，而是矫情。吕祖谦认为，晋文公后来把秦国的顺服视为理所当然的事，只要秦国与自己的意见稍有不同，就认为秦国背弃了自己，因此产生了怨恨。换言之，秦国本想表示善意，却反而招来怨恨，这是因为秦穆公不当的态度与做法。

历久弥新说名句

吕祖谦的从祖吕蒙正是个传奇人物，他的故事还被写入戏曲，广为流传。他年轻时曾寄住在寺庙里，寺中的和尚故意等到吃完饭才敲吃饭钟，让不知情的吕蒙正面对一桌剩菜剩饭。吕蒙正考中状元后，不仅不报复，还重赏和尚。世人因此认为吕蒙正是一位宽宏大度之人。

有一回，朝廷有人骂了吕蒙正。吕蒙正的朋友想查出是谁说的，吕蒙正却说：“如果知道是谁在骂我，我一定会生气，不如不要知道。”凡是人都会生气，吕蒙正如此，孔子也是如此，只是圣贤善于控制自己的情绪，不会因为生气而做出错误的行为。

吕祖谦说：“天下之事，有非出于人情之常者，其终必不能安。”圣贤的所作所为，也是出于人情之常。换言之，任何人都能成为圣贤。

同言者，权之以事；同事者，权之以人

名句的诞生

同言者，权[1]之以事；同事者，权之以人。国庄子[2]聘[3]鲁，郊劳[4]赠贿[5]，礼成加敏，而臧文仲[6]称之。鲁昭公朝晋，效劳赠贿，无失礼，而晋平公称之。至于赵简子[7]之问礼，亦止于揖逊周旋[8]之间焉。

——卷二十一·《齐国庄子聘鲁郊劳赠贿礼成而加之以敏》

完全读懂名句

1. 权：衡量。

2. 国庄子：春秋时齐国上卿，以姜为姓，以国为氏，庄是他的谥号，也称国归父。

3. 聘：春秋时诸侯国派使者到他国表示友好，称为"聘"。

4. 郊劳：在郊外迎接。

5. 赠贿：赠送礼物。

6. 臧文仲：鲁国贤大夫。

7. 赵简子：春秋时晋国大夫，姓赵，名鞅，曾向子太叔问礼。

8. 揖逊周旋：指在交际应酬间进行的礼仪。

语译：同样的言论，应就事情来衡量；同样的事，应就人而有所差异。国庄子到鲁国访问，无论是郊外迎接或是赠送礼物，礼仪都十分周到而有效率，臧文仲非常称赞他。鲁昭公到晋国朝见，无论是郊外迎接或是赠送礼物，都没有差失，晋平公十分称赞他。至于赵简子向子太叔问礼，也只是交际应酬之间的礼数。

名句的故事

公元前六二七年，齐国的国庄子到鲁国访问，从郊外迎接到赠送礼物，礼仪十分周到，所以鲁国大夫臧文仲称赞他懂得"礼"。

九十年后，也就是公元前五三七年，鲁昭公到晋国访问，从郊外迎接到赠送礼物，礼仪都没有缺失，晋平公称赞他懂得"礼"，晋国大夫女叔齐却说他只懂得"仪"而不懂"礼"。意思是说鲁昭公只懂得礼的外在规则，却未能掌握礼的内在精神。

又过了二十年，晋国的赵简子向郑国的正卿子太叔请教"礼"的意义。子太叔听了赵简子发问的内容，却说赵简子所问的只是礼的外在规则，而不是礼的内在精神，他还进一步说明礼是天地的常道。

国庄子和鲁昭公在礼数上都没有缺失，但是臧文仲认为前者懂得礼，女叔齐却认为后者不懂得礼。吕祖谦认为，结论不同的原因在于时代不同，所以他说："同言者，权之以事；同事者，权之以人。"至于子太叔会明确提出"礼"和"仪"的不同，也是因为时代不同的缘故。

汉武帝曾提出举行封禅大典的三项条件：一是国家统一，二是天下太平，三是出现祥瑞。换言之，封礼大典是重大的庆典。宋真宗在澶渊之盟时签下不平等条约，为了粉饰太平，所以举行封禅大典。然而，失去了封礼大典的真正精神，就算是仪式再讲究，不过只是一出闹剧而已。

历久弥新说名句

曾任美国国务卿的杜尔斯说："对事情很快下判断的人，只是因为不明了所有相关的问题。一旦明了所有相关的问题，判断就会变得很不容易。"

举例来说，世人都知道打胜仗是件好事。北宋的童贯虽然曾经帮忙打了一场大胜仗，后世却没有人称赞他。童贯本是宫中太监，在宋军征讨西北地区时，他奉命监军。当准备工作完成时，宋徽宗下诏停战。童贯隐瞒了诏书的内容，使得军队顺利出发，收复了西北四州。就单一事件来看，童贯似乎是个贤能的人才。然而，童贯正是宋朝"联金抗辽"的主要建议者，后来这个政策直接导致北宋的灭亡，因此世人认为童贯是罪恶滔天的小人。从古到今，打胜仗的人有很多，若不能"权之以人"，不是很容易得出错误的结论吗？

南宋的文天祥前往元军议和，不但未能达成目标，反而被囚禁。后来他领兵对抗元朝，屡战屡败，最后被元朝将领张弘范俘虏。文天祥在宋朝即将覆灭的时候挺身而出，双方的军事实力差距悬殊，战败是必然的，又怎么能苛责他的失败呢？后来他慷慨就义，展现了人所难及的节义精神，若不能"权之以事"，又怎能得出正确的评断呢？

批评或赞美都不是一件容易的事，只有详细研究事情的前因后果、做事者的动机与方法，才能做出最正确的评价。

名句的诞生

誉人之所毁[1]者，未必皆近厚[2]也；毁人之所誉者，未必皆近薄[3]也。然君子常欲求善于众毁之中，而不忍求恶于众誉之外，是文[4]毁为誉者，君子之本心，变誉为毁者，要非君子之得已也。

——卷二十一·《狼瞫死秦师》

完全读懂名句

1. 毁：批评、毁谤。

2. 厚：敦厚、厚道。

3. 薄：刻薄、不厚道。

4. 文：掩饰。

语译：别人所批评的，他却加以称赞，这不一定是敦厚；别人称赞的，他加以批评，这不一定是刻薄。然而，君子往往在众人的批评中找出对方的优点，而不忍心在众人的称赞中找出对方的缺点。为了掩饰对方的过错而加以称赞，这是君子本来的想法。若是把称赞变成批评，实在是君子在不得已的情况下所做的决定啊！

名句的故事

在秦晋的殽之战中，晋襄公命令车右莱驹杀了俘虏。因为俘虏突然大

誉人之所毁者，未必皆近厚也；毁人之所誉者，未必皆近薄也

喊一声，莱驹因而吓得把武器掉在地上。

狼曋见到这种情形，立刻捡起武器，执行国君所下的命令，并带着莱驹追上了晋襄公的车子。晋襄公因此认为狼曋很勇敢，就让他担任车右一职。

过了不久，晋国在箕地和狄人作战，主帅先轸革除了原本是狼曋的职务，狼曋因此觉得受到莫大的耻辱。他的朋友劝他杀了先轸，狼曋不肯，而是想找机会证明自己的勇气。

公元前六二五年，秦国为了报仇，派兵攻打晋国。狼曋心想机会来了，于是率先攻入秦国军队，晋国军队随后掩杀，打败秦国，但狼曋却战死了。

对于狼曋化怒气为勇气的行为，后世之人大多极力称赞，吕祖谦却对他的行为提出了批评。为了不让人觉得自己的批评太过刻薄，所以吕祖谦说："誉人之所毁者，未必皆近厚也；毁人之所誉者，未必皆近薄也。"借以强调批评的不得不然。

吕祖谦认为，狼曋被撤换职务后，不该为了生气而用生命证明自己的勇气，而是应该心平气和地尽忠职守。

在批评的同时，吕祖谦一再强调他用较高的标准去议论狼曋之事，这是出于对狼曋的敬重。换言之，吕祖谦对狼曋的批评是基于善意，虽是批评，实为肯定。

历久弥新说名句

吕祖谦说："誉人之所毁者，未必皆近厚也。"美国史学家罗素·林内斯则说："不要把阿谀看作赞赏，也不要把赞赏看作阿谀。"赞赏是出于敬意，阿谀则是别有目的。

明代有位姓金的读书人。他的文章写得很差，所以活到七十岁都还没考上秀才，但是他总以为自己写得很好。

由于人们看到他的文章，都会为他的文理不通而捧腹大笑，于是有人骗他说："文章写到让人赞美，这还不是最高境界，最高境界的文章是能够让人发笑。从古到今，像你这种能让人发笑的一流作家，恐怕还没有几个。"从此以后，只要有人笑他的文章，那位金先生就会得意地一起鼓掌大笑。

有一次考试，由一位姓陈的主考官负责阅卷。那位姓陈的主考官故意把他找来，取笑他说："看你的文章，实在是难得的奇才。本来应该给你第一名的，可惜你的年纪太大，不如先把这件事搁下，如此一来，你就可以在下辈子继续努力了。"金先生听了以后，非常生气，碰到人就说陈姓主考官的坏话，说他忌才，非向朝廷告状不可。旁人一听，这可不得了，金先生要是去告官，一定会因为诬告而被严惩的。众人苦劝之下，金先生才打消了告官的念头。

这个故事告诉我们，不明了自己真正的实力，又怎么能知道别人的赞美是出自真心还是另有目的呢？

天下之可惧者，惟出乎利害之外能知之

名句的诞生

天下之可惧者，惟出乎利害之外乃能知之。风涛浩荡[1]，舟中之人不知惧也，而舟外之人为之惧；酣醉怒骂，席[2]上之人不知惧也，而席外之人为之惧。

——卷二十一·《楚人灭江秦伯降服》

完全读懂名句

1. 风涛浩荡：风力强，波浪大。

2. 席：此指酒席。

语译：天底下可怕的事情，只有跳脱利害关系的人才会知道。风强浪大的时候，船里的人不知道害怕，可是船外的人会替他们感到害怕；酒醉的人在生气大骂的时候，酒席上的人不知道害怕，可是酒席外的人会替他们感到害怕。

名句的故事

公元前六二三年，楚国消灭了江国。秦穆公听到了这个消息，就换上了素色的衣服，住到另一间房子，吃着简单的食物，并撤去宴会的音乐。秦国大夫认为秦穆公的做法超过了应有的礼数，便加以劝阻，秦穆公却说："同盟国被消灭了，就算救不了它，难道不该为它哀悼吗？寡人这么做，不是在哀悼同盟国，更是为了自我警惕。"

吕祖谦认为："天下之可惧者，惟出乎利害之外能知之。"秦穆公经历了殽之战的惨败，于是收起了傲慢的心，对自己从前的轻率感到害怕。他像个酒醒的人，为自己酒后失礼的举动感到懊悔。反观其他各国，把一切违背常理的事情都看作理所当然，小小一个江国的灭亡，他们又怎么会放在心上呢？

衡诸吕祖谦所处的时代，北方的金国虎视眈眈，南宋的朝廷却是一片求和的声浪。在危险至极的情况下，国家还是歌舞升平的景象。这种情形看在吕祖谦的眼中，这是何等"可惧"的一件事情啊！

北宋被消灭之后，宋徽宗和宋钦宗被金国俘虏，发配到环境恶劣的五国城，经常遭受侮辱与凌虐。衣食经常短缺不说，天寒地冻的时候，往往只能躲在地洞里避寒，最后悲凉地死在异国。春秋时代的秦国还能以江国为戒，南宋却不能以北宋为戒，这恐怕是吕祖谦感到最痛心的事情吧！

历久弥新说名句

北宋苏轼在四十九岁时到庐山游历，并在慧永禅师所建的西林寺墙上写了一首诗《题西林壁》："横看成岭侧成峰，远近高低各不同。不识庐山真面目，只缘身在此山中。"旁观者清，当局者迷，这是人之常情，即使面对危险，往往也是如此。吕祖谦说："天下之可惧者，惟出乎利害之外能知之。"确是智者之言。照理来说，面对危险的是当事人，为什么旁人反而更能看出危险呢？原因在于面对危险的当事人太过相信自己的能力，以为自己能掌控情况，殊不知其实是情况掌控了他们。

西汉时，吴王刘濞因为被削权而想起兵叛乱。他的家臣枚乘上书劝谏，希望他打消叛乱的念头。枚乘说，如果吴王作乱，那么他的处境就是"危如累卵"，如果他放弃作乱的想法，那么他就能够"安如泰山"。可惜吴王早就被权势的欲望所蒙蔽，终于酿成了"七国之乱"。

"七国之乱"最后被大将周亚夫所平定，吴王被杀，其他一起作乱的人也都没有好下场。世人佩服枚乘的远见。其实，真正能够了解局势的，又何止枚乘一人呢？吴王若能跳脱欲望的羁绊，应该也能看出作乱的下场吧！

名句的诞生

易喜者必易厌。有书于此，一读而使人喜者，屡读必厌；有乐于此，一奏而使人喜者，屡奏必厌。盖是书是乐之味，尽发于一读一奏之间，外虽可喜而中既无余矣。

——卷二十二·《宁赢从阳处父》

完全读懂名句

语译：容易令人喜欢的，也就容易令人厌烦。假设这里有一本书，读一次就能让人喜欢，多读几次就会让人厌烦；假设这里有一首乐曲，听一遍能让人喜欢，多听几遍就会让人厌烦。因为这本书和这首曲子的韵味，已经完全发挥在第一次阅读及第一次演奏的时候了，表面上虽然让人喜欢，但内在已经没有什么余韵可寻。

名句的故事

阳处父是春秋时晋国的大夫，个性直率，想到什么就说什么，很多人刚见到他，就很欣赏他的率直，其中包括宁赢。

宁赢是宁地的官吏，负责掌管当地的旅舍。有一回，阳处父奉派出使到卫国，在回国途中经过了宁地，在那里认识了宁嬴。阳处父只在当地稍作停留就准备离开了。宁嬴对他的妻子说："长久以来，我一直想找一位真正的君子，追随在他的身边。现在我找到了，所以我要跟他一起离开。"

宁嬴跟随阳处父一路前往晋国，然而，走了没多久，他就向阳处父辞行。宁嬴回到家，他的妻子吓了一跳，问说："你不是要追随真君子吗？为什么这么快就回来了？"宁嬴说："个性内敛的人应该要刚强一点，个性外放的人应该要柔弱一些。阳处父的个性既刚强又外放，不符合天道，恐怕会因此招来灾祸吧？我如果不离开他的话，难免会受到牵连。"事情正如宁嬴所料的，阳处父在第二年就被人杀害了。

吕祖谦从这件事领悟到"易喜者，必易厌"的道理。他认为，孔子的学生子路一开始见到孔子时，并不是很欣赏孔子，然而却逐渐被孔子感化，终身追随着孔子。宁嬴一开始见到阳处父时，就很欣赏他，然而追随不久，就离开了，这是因为阳处父没有足够的内涵去支撑他的优点。

历久弥新说名句

小说家梁羽生曾写过一部武侠小说《七剑下天山》。小说里有七个主角，带头的是武功高强的傅青主。在历史上，傅青主真有其人，他也确实是个武功高强的人，除此之外，他还是个名医及书法家。他的书法理论是"宁拙毋巧，宁丑毋媚，宁支离毋轻滑，宁真率毋安排"这四句话。

傅青主本名傅山，青主是他的字号。乍看之下，他的书法作品并不美，甚至还有些丑态，但是他的字自然天真，有一种朴拙之趣，因此很耐看，直到三百多年后的今天，都还有许多人欣赏他的作品。在科举考试的年代，书法必须圆润饱满，横平竖直，不容一丝走样，这就是傅青主所说的"巧""媚""轻滑""安排"，也是世人所谓的"美"。然而，就传世的书法精品来看，却往往不符合这些原则。

以书圣王羲之所写的《兰亭序》为例，这篇作品本是他所写的草稿。既是草稿，难免涂改缺字，然而它却有"天下第一行书"的美名，更是无数书法家效法学习的对象，这是因为它的笔法"真率"。

理之未明，君子责也

名句的诞生

理之未明，君子责[1]也，置[2]是责而不忧，其责固不可逭[3]，惴惴然[4]不胜其责，而亟[5]求理之明，则天下之患必自此始。自夫人之有亟心也，始求说于理之外，姑借世俗之所共信者以明吾理。

——卷二十二·《邗文公迁于绎》

完全读懂名句

1. 责：责任。

2. 置：放下不管。

3. 逭：逃避，音"huàn"。

4. 惴惴然：戒慎恐惧的样子。

5. 亟：急切，迫切，通"急"。

语译：道理不能解释清楚，这是君子的责任，放下这个责任而不担心，虽然应负的责任逃避不了，但若太过担心无法承担这种责任，而急着想把道理解释清楚，那么天底下的祸患一定会从这里开始。从一个人有急切之心开始，就会开始在真正的道理之外找寻说法，暂且借由一般人所共同相信的说法来解释自己所抱持的真理。

名句的故事

古人往往用天降祸福的观念，来

劝导他人行善去恶。以商朝为例，因为久旱不雨，汤王就谴责自己的德行不足，以致上天降灾。在汉朝，只要发生重大的天灾，就立刻有官员上奏章请皇帝积极修养品德。这种风气一直延续到后代。

天降祸福的观念对一般人很有用，但是一些习于思辨的学者却往往抱持着怀疑的态度。曾有学者提出质疑，如果皇帝的德行不佳就会发生天灾的话，那么被称为圣君的尧帝究竟是犯了什么错事，竟然使得水灾长达九年？汤王又犯了什么缺失，竟然使得旱灾持续七年？夏桀及纣王残暴无道，照理来说，应该要发生可怕的天灾才对，可是历史上为什么没有记载呢？

吕祖谦非常不认同一些迷信的说法，因此他特别嘉许《左传》对邾文公迁到绎地一事的评论。

邾文公打算迁都到绎地，史官占卜后说："这件事对人民有益，对国君不利。"邾文公说："对人民有益，就是对我有利。"迁都后不久，他就驾崩了。《左传》既不说史官预测准确，也不用预测失败的例子来反驳，只说邾文公"知天命"，懂得随顺自然。吕祖谦认为，如果用失败的例子来反驳史官，强调邾文公的贤明，那么别人还是可以找到许多成功的例子加以反证，如此一来，反而更无法说明道理，"天下之患必自此始"。

历久弥新说名句

据说，老子因为天下将要大乱，于是西出函谷关。他被守关的尹喜留住，非要老子写下他的人生智慧才肯放他出关。老子写下"道可道，非常道；名可名，非常名"这几句话。意思是说，凡是可以说出来的道理或名称，都一定不是恒常不变的，预先声明，书里的道理，只是为了让人容易接受而写的，不可以望文生义，执着书里的文字。

望文生义是很多人的毛病，以老子所说的道理而言，执政的最高境界就是"无为"。乍看之下，"无为"就是什么都不要做。什么都不要做，一切就会步上轨道，天底下哪有那么容易的事？

明神宗就是一个什么都不做的皇帝。他十岁登基，早年靠着贤相张居正的辅佐，政治上做得有声有色。张居正一死，他就乐得诸事不理，不上朝，不批奏章，甚至连宫门都不出，以致有些大臣连他的面都没见过。后人认为，明朝虽然亡在明思宗崇祯皇帝之手，但其实是明神宗万历皇帝造的孽。

无为的意思是要顺应自然（此"自然"之意并非"自然界"之"自然"，而是"自己如此"），不妄为，而不是没有作为。老子乃至后世学者早已解释得相当清楚，奈何大部分人还是望文生义，以为什么事都不管就是无为，以至于出现什么都不管的父母、老师、老板、官员等。难怪从前的吕祖谦会感慨地说："亟求理之明，则天下之患必自此始。"

名句的诞生

理有常然[1]，而事有适然[2]，因适然之事，而疑
常然之理，智者不由也。历数天下之事，出于
常然者十之九，出于适然者百之一，以一废百
奚可哉？

—— 卷二十二·《楚克公子燮作乱》

完全读懂名句

1. 常然：理应如此。

2. 适然：恰巧如此。

语译：有些道理是理应如此，而有些事情是
恰巧如此，靠着恰巧如此的事情，怀疑理应如
此的道理，有智慧的人是不会这样做的。遍数
天下的事情，出于理应如此的有十分之九，出
于恰巧如此的只有十分之一，用一个例外来否
定许多事实，可以吗？

名句的故事

公元一一〇二年，蔡京当了宰相。
身为新党的他主张严惩旧党人士。由
于旧党在宋哲宗时期得势，而宋哲宗
早期的年号是"元祐"，于是他把旧党
人士称为"元祐党人"，并立了一块碑。

碑上刻了一百二十名官员的名字，
订下规则：碑上的一百二十名官不但

理有常然，而事有适然，因适然之事，而疑常然之理，智者不由也

自身永远不能做官，子孙后代也同样永远不能做官，皇室子女永远不能和碑上所有人的后代通婚，就算已经订婚了也必须取消。这些规定的主要目的就是要那些反对者永远不能翻身。

楚穆王时，斗克被秦国所俘虏，后来被放回楚国议和。斗克虽然促成两国和谈，但是没有得到封赏，这让他感到愤愤不平。楚庄王即位时，亲自领兵出征，派斗克和公子燮（xiè）留守国都。由于公子燮本想当令尹而没能如愿，斗克又怀着未得封赏的旧怨，于是两人就起兵叛乱。

后世因为斗克、公子燮的这件事，提出贬官的人不宜再任用的说法。他们认为，斗克、公子燮只因为没有得到封赏就作乱，更何况是因贬官而结下冤仇的人呢？最好的方式，就是不再任用他们，让他们没机会作乱。

对此说法，吕祖谦十分不以为然，他说："因适然之事，而疑常然之至理，智者不由也。"强调斗克、公子燮的事只是特例，曾经被贬官仍能为国尽忠的人所在多有，不可一概而论。

历久弥新说名句

俗语说："凡事都有例外。"即使是经过严格验证的科学真理，仍然可能有例外。有些时候，我们可以用另一个真理去解释例外的成因，然而，更多时候，我们只能承认自己知识的不足。

举例来说，医学早已证明，喝酒伤肝，抽烟伤肺，不过，就是有人即使成天抽烟喝酒，仍然能够活得健康长寿，无病无痛。说是运气也好，说是体质也罢，不过，例外就是例外。我们不能因此说喝酒、抽烟很好。

吕祖谦说："理有常然，而事有适然。"经过验证的规律就是"常然"的"理"，而不合规律的例外就是"适然"的"事"。做事时，只可依循"常然"的"理"，而不应仰赖"适然"的"事"，因为例外是不可靠的。

君子之立言，待天下甚尊，期天下甚重，虽至奥至邃之理，未尝敢轻视天下，逆料其不能知

名句的诞生

君子之立言，待天下甚尊，期天下甚重。虽至奥至邃之理，未尝敢轻视天下，逆料[1]其不能知，故识虽在一世之先，而心尝[2]处一世之后。

——卷二十二·《宋华耦辞宴》

完全读懂名句

1. 逆料：预料。逆，事先。料，猜想。

2. 尝：此处应作“常”字解，往往。

语译：君子在发表言论时，把天下人看得很尊贵，对天下人也有很深的期许。即使是最奥妙幽深的理论，也不敢小看天下人，而认为他们不懂其中的道理，所以他的见识虽然比一般人还要高超，但他的态度往往比一般人更谦卑。

名句的故事

公元前七一一年，宋国太宰华父督因为觊觎孔父嘉妻子的美色，杀了孔父嘉。宋殇公震怒，华父督居然也把宋殇公杀了。

一百年后，华父督的后代华耦出使到鲁国。鲁文公安排了宴会，要亲自招待华耦。华耦却以祖先华父督的罪名推辞了鲁国国君的邀宴。

对于这件事，《左传》记下"鲁人以为敏"这句话。吕祖谦认为，华耦不该张扬祖先的罪行，理应严加批判。

左丘明身为鲁国人，却说"鲁人以为敏"，这是把全鲁国人都看作不明理的人，实在不应该。

吕祖谦说："君子之立言，待天下甚尊，期天下甚重。虽至奥至邃之理，未尝敢轻视天下，逆料其不能知。"他认为，圣贤的智慧虽然高出一般人许多，但不代表只有他们才懂得高深的道理。华耦应该受到谴责，左丘明却说鲁国人称赞华耦，等于是认为鲁国人都不明事理。

弑君是莫大的罪恶，华耦的做法并不是不合礼。不过，吕祖谦之所以不满华耦的做法，其实有背后的原因存在。

吕祖谦的祖先吕夷简是太宗时的宰相，虽然颇有政绩，但作风保守，和范仲淹、欧阳修等贤臣为敌，因而招来骂名。

古代史家本来就有"为长者讳"的传统，主张为尊长隐瞒罪过、保留面子，吕祖谦看到华耦批评祖先的论调时，或许想到自己的祖先，也难怪他如此愤慨了。

历久弥新说名句

"人生本来就有一定的天赋。"这句话虽是美国哲学家埃默森所说的，但是除了他之外，许多古今中外的思想家也抱持这个论点，包括吕祖谦。他认为君子尊重每个人的天赋，"虽至奥至邃之理，未尝敢轻视天下，逆料其不能知"。

毕达哥拉斯是古希腊时期著名的数学家，他发现"在一个直角三角形中，两股的平方和等于斜边的平方"这个重要的数学原理，因此这个原理被称为"毕达哥拉斯定理"。他主张宇宙间的万事万物都可以化为两个数字之比，这个主张成为毕达哥拉斯学派的基本教义，影响了当时的希腊文化。

据说他的学生希帕索斯曾提出"无理数"的说法，指出有些数字不能化为两个数字之比的数学事实。这种说法无疑是挑战毕达哥拉斯的主张。在一些记载里提到，主张"无理数"理论的人死于船难，更有谣言说他因违背了老师的教导而被其他学生丢入海中，甚至是被毕达哥拉斯下令淹死。

现代的数学家普遍相信，这些无稽的传说应该是后人想象出来的，暗示"无理数"世界本就不该被轻易讨论。然而，这类的传说完全和真理追求者应抱持的观念背道而驰。

真理普遍存在于世界，只要真心追求，任何人都可能发现真理。真理不会永远被某一个人或学派所把持，这才是追求真理时必须抱持的正确观念。

名句的诞生

物之移¹人者，莫如权位。仰视其冠，昔鹖²今
貂³；俯视其服，昔缊⁴今貉；饥视其食，昔箪⁵
今鼎；渴视其饮，昔瓢今卮⁶。是孰使之然哉？
权位移之也。

——卷二十二·《公孙敖二子》

完全读懂名句

1. 移：改变。

2. 鹖：鸟类名，音"hé"。春秋时，楚国有隐
   士把鹖的羽毛做成帽子，此处以鹖冠指隐士
   所戴的帽子。

3. 貂：动物名。古代用貂尾装饰官帽。

4. 缊：用乱麻所做的衣服，质地很差。

5. 貉：音"hé"，动物名，毛皮是上等衣料。

6. 箪：盛饭的竹制器具。

7. 卮：音"zhī"，酒杯。

语译：要改变一个人，没有什么东西比得上
权位。抬头看他所戴的帽子，从前是隐士的鹖
尾帽，现在是大官的貂尾帽；低头看他所穿
的衣服，从前是麻布破衣，现在是貉皮大衣；
饿的时候看他所吃的，从前是用箪所盛的饭，
现在是用鼎所煮的肉；渴的时候看他所喝的，
从前是用瓢子所舀的水，现在是用杯子所盛
的酒。是什么让他变成这样呢？是权位改变
他的。

物之移人者，莫如权位

名句的故事

《左传》记载，鲁国大夫孟孙敖和莒国的己氏生了两个私生子，并逃到莒国。孟孙敖死后，他的两个私生子回到鲁国，得到孟献子的宠爱。后来有人诬陷他们，让孟献子误会他们，他们二人坚持不肯背叛孟献子，因而冤死。

吕祖谦读到这段记载，感到很不合理，因为孟献子是孟孙穀的儿子，而孟孙穀是孟孙敖的儿子。换言之，就辈分上来说孟孙敖的两个私生子，其实是孟献子的叔叔。孟献子宠爱叔叔，叔叔也把自己当成晚辈一样接受宠爱，这不是太奇怪了吗？

宋仁宗没有儿子，因此收养了濮安懿王赵允让的儿子赵曙，让他当上太子。宋仁宗死后，赵曙即位，也就是宋英宗。

宋英宗即位时，他的生父早已过世，他想封生父为"皇考"，但是遭到大臣们的强烈反对，因为"考"就是父亲的意思。他们认为，宋英宗早已过继给宋仁宗，他的父亲就只有一个宋仁宗，赵允让既是宋仁宗的哥哥，宋英宗就只能把他当伯父看待，称他为"皇伯"。

争议越闹越大，满朝文武分两派，各持己见，争闹不休，这次争议被后世称为"濮议"，最后，在韩琦及欧阳修的协助下，英宗在这场争议中取得胜利，公开称赵允让为"皇考"。

由于权位的原因，叔叔被当成晚辈，儿子不能认爸爸，难怪吕祖谦要感叹："物之移人者，莫如权位。"

历久弥新说名句

行政学上有一条"迈尔斯定律"，意思是职位决定立场，也就是俗语所说："换了位置，就换了脑袋。"

汉高祖刘邦出身草莽，年轻时经常与一帮酒肉朋友厮混，到处喝酒闹事。这帮酒肉朋友帮着刘邦打天下，把他拱上了皇帝的宝座。刘邦当了皇帝以后，他的那帮朋友在他面前还是照样喝酒吵闹。刘邦从前和他们一起时，觉得这样很自在，自从当了皇帝以后，反而看不惯他们的行为。后来，刘邦让叔孙通制定上朝的礼仪，约束那些老朋友，这才开心地享受当皇帝的乐趣。

刘邦一直很讨厌读书人，刚登基时也是如此。有位名叫陆贾的读书人常在他的面前引经据典，谈诗论书。

刘邦一脸不耐烦地说："我是在马背上得到天下，诗书对我有什么用？"陆贾立刻响应他说："陛下在马背上得到天下，难道要在马背上治理天下吗？"意思是说，刘邦得到天下以后，还想继续打仗吗？

陆贾接着提出"逆取顺守"的观念，也就是说，可以用不正的手段取得天下，却必须用正当的手段治理天下。刘邦觉得他说得很有道理，于是开始重视他的说法。

身份地位不同，面对的情况不同，做事的方法态度自然也应该有所调整。换了位置就应该换脑袋，这并没有什么不对，做法是否恰当，才是身处不同职位时，真正应该重视的。

言在此而观在彼者，君子之观也；
言在此而观在此者，众人之观也；

名句的诞生

言在此而观在此者，众人之观也；言在此而观在彼者，君子之观也。两讼在庭，甲操券契[1]，乙奉[2]质剂[3]，聱牙[4]撑拒[5]，健吏[6]阁笔[7]不能下。他日偶视故府之牍[8]，适[9]听道路之言，罅开节解[10]，举无遁情[11]。

——卷二十三·《齐人侵我西鄙》

完全读懂名句

1. 券契：合约、合同。

2. 奉：拿着，通"捧"。

3. 质剂：买卖契约。

4. 聱牙：说话矛盾。聱，音"áo"。

5. 撑拒：互相对抗。

6. 健吏：指能力杰出的官吏。

7. 阁笔：放下笔。阁，通"搁"。

8. 牍：文书。

9. 适：刚好。

10. 罅开节解：解开纠缠不清的问题。罅，空隙，音"xià"。

11. 举无遁情：完全没有被隐匿的事情，指真相大白。举，完全。遁，隐藏。

语译：讲的是这件事，看到的也只有这件事，这是一般人的观察力；讲的是这件事，而能看到另外的事，这是君子的观察力。两方在法庭进行诉讼，某甲拿着合同，某乙拿着契约，互相争辩对抗，再厉害的官吏往往也只能放下笔，做不出判决。有一天偶然看到从前放在官府里的卷宗，或是刚好听到路人所说的话，一下子就解开所有纠缠不清的环节，使得真相大白。

名句的故事

在中国历史上，除了尧舜的禅让政治等少数例子，政权能和平过渡可以说是少之又少。为了替那些篡位的开国君主设辞脱罪，于是有了"逆取顺守"的论调出现，提出这种说法的代表人物是汉朝的陆贾。

陆贾对汉高祖刘邦说："商朝的汤王和周朝的武王，都是用战争的手段取得天下，这叫'逆取'。后来他们施行仁义，因此可以长久保有天下，这叫'顺守'。"他的话得到了刘邦的认同。

唐太宗李世民杀了自己的兄弟，逼自己的父亲退位，因为他在位期间开创了"贞观之治"的盛世，因此世人拿他当例子，认为"逆取顺守"是合理的做法。

公元前六一二年，齐国准备攻打曹国。季文子劝齐懿公说："就算是用不合乎礼的手段取得国家，用合乎礼的方法保有国家，都要担心不得善终了，更何况是做更多不合乎礼的事情呢？"

吕祖谦以"言在此而观在彼"自许，认定季文子所说的话是"逆取顺守"这种说法的开端，于是加以批评。他的本意自然是希望后人不要抱持这种想法，试图用非法的手段夺取天下。不过，宋朝的开国君主以兵变取得天下，在陈桥驿，赵匡胤以禁军首领的身份，黄袍加身，背叛了重用他的后周世宗柴荣，抢夺了柴荣之子的皇位。

由此看来，赵匡胤显然也是"逆取"，就不知道吕祖谦会怎么评论了。

历久弥新说名句

德国诗人歌德说："智者能够从已知的事物中，引出未知的道理。"在学术研究中如此，在刑事侦办中更是如此。

包拯是侦办刑案的知名人物，人称"包青天"，民间大多尊称他"包公"。宋仁宗时，他出任天长县的县令。有一天，一个农夫到县衙告状，说他养的牛在夜里被人割去了舌头。包拯认定这是仇人所为，于是他叫农夫私下宰杀牛只。在当时，私宰牛只是犯法的行为。农夫做了这件事以后，立刻有人向衙门举报。包拯逮捕了举报的人，审问之下，那个人果然承认自己犯下了割牛舌的罪行。

在包拯之前，宋朝还有一位名为向敏中的官吏。他曾经侦办过一起和尚杀人的案子。有人在井里发现了一个和尚和一名女子的尸体，和尚因此被冠上杀人的罪名。结案后的公文送到向敏中的手中，他发现供词还有疑点，访查后才发现杀人者另有其人，还了和尚的清白。

名句的诞生

丰歉在人而不在天，强弱在人而不在地。归丰歉于天，闭口而俟死者也；归强弱于地，束手而就亡者也。

——卷二十三·《楚大饥庸人帅群蛮叛楚》

完全读懂名句

语译：收成的好坏在于人为而不在于天时，国家的强弱在于人为而不在地利。把收成好坏的责任全推到天时，就等于是闭上嘴等待死去一般；把国家强弱的责任全推到地利，这就等于是无所事事等待灭亡一样。

名句的故事

　　南宋时期经常发生瘟疫。以吕祖谦所处的宋高宗及宋孝宗时期为例，宋高宗绍兴元年在浙西发生一次重大瘟疫，这次瘟疫的影响延续至绍兴二年都还未完全平息。

　　宋孝宗隆兴二年发生过一场持续两年的大瘟疫，同时还发生水灾。宋孝宗干道八年也发生了一场瘟疫及水灾。就在吕祖谦过世前不久，临安府还发生了一场大瘟疫，为此，宋孝宗特地派医官四处巡察治病。

丰歉在人而不在天，强弱在人而不在地

除了瘟疫和水灾，古代常见的灾害还有旱灾及蝗灾。不同的灾害来自不同的原因，但造成的共同结果是使土地收成大量减少，造成饥荒。

公元前六一一年，楚国就发生一次大饥荒。因为楚国发生饥荒，庸国及一些少数民族就趁机攻打楚国，于是有人建议即位不久的楚庄王立刻迁移国都，但是大夫芳贾却建议攻打庸国。最后楚庄王接纳了芳贾的建议，靠着全国上下一心的努力，成功消灭了庸国。此事也被记入《左传》一书中。

吕祖谦从《左传》的记载中领悟到"丰歉在人而不在天，强弱在人而不在地"的道理。他认为天时或地利都不是国家强弱或收成好坏的关键，人为的努力才是。

宋孝宗时期虽然发生过许多次重大的灾害，但因为处理得当，因此国家的经济政治都能迅速恢复稳定，甚至出现史称"乾淳之治"的小康局面。

历久弥新说名句

有一种人，无论做错了什么事，都说是别人的错，跌倒了怪路不平，考差了怪题目太难，失业了怪老板没有良心。闽南语把这种心态叫作"牵拖"。

战国时孟子曾经当面提醒梁惠王，劝他不要有"牵拖"的心态。孟子认为，天灾虽然无可避免，但是政府有很多事情可以做。遇上丰年收成好的时候，政府可以大量收购，大量储存；碰到荒年收成差的时候，政府就可以开仓赈济。若是一味怪罪天时不好，那就像拿刀子杀人，然后把杀人的责任推给刀子一样荒谬。

吕祖谦说："丰歉在人而不在天。"这句话确实点出许多国家的缺点。在天灾来袭时，农作物往往会涨到很高的价格，在过度收成时，农作物又可能跌到很低的价格。对农民或百姓而言，那都不是好事。好的政府懂得适时提供协助，平稳物价，又怎么可以把所有的责任都推给老天爷呢？

事有出于常情之外者，非人之所不能及，则必不能及人者也

名句的诞生

事有出于常情之外者，非人之所不能及，则必不能及人者也。肘腋[1]怨雠[2]，腹心雠敌，旷怀大度，高出于常情之外，夫岂常人所及哉？

——卷二十三·《邴歌阎职弑齐懿公》

完全读懂名句

1. 肘腋：指身边，最接近自己的地方。此处作动词用，指让人留在自己身边。

2. 怨雠：仇人。雠，通"仇"。

语译：所做的事情超出一般常情之外的，那个人不是远远高出一般人，就是远远不及一般人。把仇人留在自己的身边，并且信任对方，这种宽大的态度，远远高于一般常情之外，又哪里是一般人做得到的呢？

名句的故事

吕祖谦的祖先吕夷简身为保守派的宰相，和改革派的范仲淹不合。由于对吕夷简的施政提出批评，范仲淹被贬到饶州。过了一阵子，吕夷简气消了，又建议皇帝为范仲淹升官。

后来，范仲淹在领兵对抗西夏时，写信招降对方，因为对方回信的内容十分无礼，气得范仲淹毁了原信。为

了这件事，朝中有人建议应该处死范仲淹，但是遭到了吕夷简的反对，最后范仲淹只被降职处分。

并不是所有人都能像吕夷简一样宽容得罪自己的人。春秋时的晋文公在流亡时经过曹国，曹国国君偷窥他洗澡，他即位后就消灭了曹国，以报当年之仇。当初他在各国流亡时，郑国没有礼遇他，所以消灭曹国之后，又联合秦国攻打郑国。

春秋时，齐懿公杀了大夫邴（bǐng）歜（chù）的父亲，又霸占大夫阎职的妻子，却把他们留在身边为他驾车。公元六〇九年，邴歜和阎职两人合谋，杀死了齐懿公。

吕祖谦认为，齐懿公是个弑君篡位的人，视道德如无物，就以为旁人都一样不把杀父夺妻当作一回事，却不知道"事有出于常情之外者，非人之所不能及，则必不能及人者也。"

圣人可以把仇人放在身边，这是因为他们可以感化对方。齐懿公非但不是圣人，还是行为卑劣的小人，因此齐懿公被杀，可以说是咎由自取。

历久弥新说名句

孔子的学生颜回曾这么形容孔子："仰之弥高，钻之弥坚，瞻之在前，忽焉在后。"西汉史学家司马迁在写完孔子的传记之后说："高山仰止，景行行止。虽不能至，然心向往之。"他们的意思是说，孔子的德行是可望而不可即的。

在事事讲求功利的春秋战国时代，孔子讲的是仁义道德。这种论调就当时来说，就如吕祖谦所说的："事有出于常情之外者。"孔子的道德行事，确实是人之所不能及。单就他是推广教育的第一人，就无愧"至圣"这两个字的封号。

春秋战国时代的宋襄公也是个讲仁义道德到出于常情之外的人。敌人来攻，他非要等敌人摆好阵势才肯开战，后来落了个惨败身亡的下场。

　　同样是重视仁义道德，同样是"出于常情之外"，结果一位成了"人之所不能及"的"至圣"，另一个成了"不能及人"的愚者。原因无他，孔子坚持的是理念，得到后人的敬重，宋襄公追求的是名声，所以受到后人的嘲笑。

　　名声并不是不可追求，但是求来的名声是好是坏，往往不是个人所能决定的。

　　汉朝的公孙弘为了博得节俭的名声，对外宣称自己所盖的被子是粗布所做的，结果被人识破，从此后人就用"公孙布被"来形容那些故意做出奇怪的事来博取名声的人。

名句的诞生

谤，可止而不可分，分谤所以增谤也。君有失，犹望臣正之；君有过，犹望臣规[1]之，苟[2]同君之恶，自谓分谤，上下相济[3]，混然一体，则复何望焉？

——卷二十四·《晋不竞于楚》

完全读懂名句

1. 规：规劝，劝告。

2. 苟：如果。

3. 上下相济：在上位者和在下位者相互配合，通合一气。

语译：批评只可以阻止而不可以分担，分担批评只会增加批评而已。国君有了过失，还指望臣下纠正他；国君犯了错误，还希望臣下劝告他，如果和国君做一样的坏事，却说自己是分担批评，上下通合一气，毫无分别地互相串通，那么国家还有什么希望可言呢？

名句的故事

《国语》记载，晋国大夫韩厥准备处死一个人，另一位大夫郤克知道了这件事，就立刻去阻止。然而郤克到达的时候，那个人已死。郤克就请求把尸体示众。郤克的仆人疑惑地说："您

谤，可止而不可分，分谤所以增谤也

不是来救人的吗？"郤克说："我哪里敢不'分谤'呢？"

"分谤"就是为犯错的人辩解，甚至故意犯同样或类似的错，以求他人批评自己而减少对犯错者的攻击。吕祖谦非常不认同这种做法。他说："谤，可止而不可分，分谤所以增谤也。"他认为所谓的"分谤"，不但没有效果，反而会为犯错的人招来更多批评。

历久弥新说名句

《国语》一书中记载了郤克救犯人不成而要求将犯人尸首示众的"分谤"做法，吕祖谦认为这种做法十分不恰当，他说："谤，可止而不可分，分谤所以增谤也。"早在战国时，韩非子就对郤克的做法提出评论。韩非子认为郤克的说法不当，"非分谤也，益谤也。"

韩非子认为，韩厥要处死一个人，如果那个人确实有罪，那么就不应该去救他。救一个有罪的人，会败坏法律，使国家陷入混乱。如果被处死的人没有罪，那么就不应该把他的尸体拿来示众。把无辜者的尸体拿来示众，会激起民怨，使国家陷入危险。

韩非子又进一步指出，如果韩厥杀的是一个有罪的人，那么根本不会被批评，郤克又何必"分谤"？如果他杀的是一个无罪的人，而郤克要求把尸体示众，那么除了杀害无辜者的罪名外，韩厥恐怕还背上一条让无辜者的尸体示众的罪名，这就是"益谤"，也就是吕祖谦所说的"增谤"。

许多人在犯错时，往往会说"某某人也犯了同样的错"之类的话。然而，错事就是错事，并不会因为做错事的人比较多，就变成正确的做法。如果知道别人做的是错事，居然还照着做，那就是明知故犯；不知道别人做的事是对的还是错的，居然也照着做，那就是莽撞无知。如此说来，说这种话的人不是更该受到批评！

天下之情，固有厚之而薄，薄之而厚者，不可不察也

名句的诞生

天下之情，固有厚之而薄，薄之而厚者，不可不察也。子弟与乡人皆在席，觞酒豆肉[1]，必先乡人而后子弟。岂人情固厚于疏而薄于亲乎？盖疏则相责，故不可不与；亲则相恕，故可以不与。

——卷二十四·《郑伐宋囚华元》

完全读懂名句

1. 觞酒豆肉：在酒杯里倒酒，在器皿中添肉。觞，原指酒杯，此处作动词用，倒酒。豆，装食物的器皿，此处亦作动词用，添肉。

语译：天底下的情感，本来就有表面上亲近，实际上淡薄，或是表面上淡薄，实际上亲近的。家中晚辈和同乡的人同时在酒席上，倒酒添肉时，一定是先给同乡的人，再给家中晚辈。哪里是因为在情感上对关系疏远的人比较亲近，而对关系近的人比较淡薄呢？这是因为关系疏远就会苛责自己，所以不可以不尊重；关系近就会体谅自己，所以可以不那么尊重。

名句的故事

公元前六〇七年，郑国攻打宋国，宋国大夫华元等人率军迎击。军队出

发前，华元杀羊犒赏将士，但却没有把羊肉分给替他驾车的羊斟，因此羊斟十分生气。

上了战场之后，羊斟说："前天分羊肉时由你做主，现在驾车做战时由我做主。"说完就驾着华元的车冲进郑国的军队，华元因此被俘虏。主将被俘后，宋国也战败了。总计这次战争的损失，宋国将士有一百人战死，二百五十人被俘虏，还损失了战车四百六十辆。

《左传》评论，羊斟是个没有良心的人，他为了自己个人的仇恨，使国家战败，让百姓受害，应该受到最严厉的批判。

对于当初华元没有分肉给羊斟的做法，有人认为华元太过刻薄，所以才会招来祸害。

吕祖谦认为，华元并不是对羊斟刻薄，而是因为他认为羊斟和自己的关系比较亲近，才会先把羊肉分给别人。他说："天下之情，固有厚之而薄，薄之而厚者。"华元对羊斟的做法，其实正是"厚之而薄"的表现，因为华元被郑国释放之后，不但没有追究羊斟的罪过，反而还安慰他，由此可以证明他其实是把羊斟当成自己人看待。

华元是宽厚的人。然而，他既没有洞察奸邪的智慧，又没有感动人心的德行，空有君子的资质，而未能到达君子的境界，这是吕祖谦对华元的评论。

历久弥新说名句

在现代，妻子称丈夫为"老公"，丈夫则称妻子为"老婆"。细究这两个词语的来源，"老婆"一词是因"老公"而来，"老公"一词则是从前人对太监的称呼。换言之，"老公"一词有贬抑戏谑的意味。

因为夫妻之间关系亲密，不分彼此，所以刻意用贬抑戏谑的词语称呼对方，借此证明双方的感情好到不会介意这种小事。关系越亲密，就越不用讲究礼仪，这是人之常情，所以吕祖谦说"天下之情固有厚之而薄，薄之而厚者"，讲的就是这件事。然而，就夫妻相处之道，夫妻不应该完全不讲究礼仪。

夫妻原该互相帮助，但是礼貌上说一声"谢谢"，确实可以让对方感受到自己的善意；夫妻本应互相原谅，不过礼貌上说一声"对不起"，也确实可以让对方感受到自己的诚意。重要的是，夫妻之间以礼相待，更可以作为孩子的榜样。

美国文学之父华盛顿·欧文说："让孩子感到家庭是世界上最幸福的地方，这是既有涵养又明智的做法。我认为这种美妙的家庭情感，就是给孩子的最佳礼物。"

虽然如此，夫妻之间的礼仪也不宜太过。东汉的孟光每天都跪着把饭菜送到丈夫的面前，并把餐盘举得高高的请丈夫享用，唐朝的薛昌绪要见妻子之前都会请婢女通报，然后才摆宴晤谈，像这类的做法又未免显得太过生疏了。

名句的诞生

物以顺至者，必以逆观。天下之祸不生于逆，而生于顺。剑楯戈戟[1]，未必能败敌，而金缯[2]玉帛，每足以灭人之国；霜雪霾[3]雾，未必能生疾，而声色畋游[4]，每足以殒人之躯。

——卷二十四·《晋赵盾侵郑》

完全读懂名句

1. 剑楯戈戟：指武器。

2. 缯：丝织品。

3. 霾：空中悬浮的烟尘。

4. 畋游：打猎游玩。

语译：事情如果来得顺遂，一定要先把它当成不顺遂的事情来加以观察。天底下的祸患，往往不是发生在不顺遂的情况，而是发生在顺遂的情况。剑、盾、戈、戟等作战的武器，不一定能打败敌人，可是金、玉、丝、布等值钱的物品，往往可以消灭别人的国家；霜、雪、烟、雾等自然的现象，不一定能让人生病，可是声乐美色、打猎游玩等，往往可以让人丧失生命。

名句的故事

公元一一二七年，北宋被金国消灭。赵构在南京即位，他就是南宋的

物以顺至者，必以逆观，天下祸不生于逆，而生于顺

第一任皇帝宋高宗。

赵构即位后，北方的金国持续追击，赵构一路逃往临安。由于韩世忠等大将阻止了金国的攻势，使得南宋得以偏安于江南，从此赵构就在江南过着安逸的生活。

南宋诗人林升曾写了一首诗形容当时南宋朝廷的状况："山外青山楼外楼，西湖歌舞几时休？暖风熏得游人醉，直把杭州作汴州。"诗中前三句写的是江南的繁华景象，最后一句点出主题，批评当时朝廷上下耽于享乐、不想复国的心态。

金国占领北方，原本有心南下统一全国，但一直无法突破岳飞等将领的防御，加上民间有八字军等义军持续进行抗金活动，而金国内部也发生严重的权力斗争。种种因素促使金国接受了南宋提出的和议。虽然如此，对于南宋，金国仍然虎视眈眈。

吕祖谦在《左传》里读到楚国大夫斗椒的相关记载，看到他因骄奢而招来身死族灭的下场，不禁想起南宋的现况。

当初晋国的赵盾故意退兵示弱，以诱使斗椒自取灭亡，难道不就像金国暂时不攻打南宋一样吗？

吕祖谦认为，斗椒如果能够察觉赵盾的用心，提高警惕，应该就不会有日后的败亡。在吕祖谦的心中，其实也希望南宋能够察觉金国的用心，提高警惕，所以他说："物以顺至者，必以逆观。"

历久弥新说名句

一般人都喜欢顺境，厌恶挫折，只有圣贤知道顺境的危险。大文学家苏轼曾经写过一篇《教战守策》。文中说，富贵人家重视保养身体，但是容易生病；农夫小民习惯风吹日晒，反而身强体壮，由此可知接受磨炼的重要。

北宋名臣李沆担任宰相时，时常对皇帝奏报各地所发生的水灾、旱灾、盗贼、逆伦等事件，听到他的奏报后，宋真宗总是一脸不悦，很少给李沆好脸色看。

副宰相王旦劝李沆说："您所说的，都不算什么大事，更何况，皇帝每回都因为您的奏报而心情不好，何苦呢？"李沆说："皇上还年轻，如果不让他了解统治天下的艰难，将来他就会耽于享乐或迷信。我现在年纪大了，你以后可要留意这件事。"

李沆曾经对王旦说："一个人知道身上有病，就会时刻留意，悉心治疗。国家也是如此。现在国家时常有边患，所以朝廷会特别谨慎，一旦天下太平，恐怕国君就会松懈下来了。"对于李沆的话，王旦的心中很不以为然。李沆过世后，王旦成为宰相。后来宋真宗想实施封禅大典，王旦想要阻止，但已无能为力。

孟子说："生于忧患而死于安乐也。"吕祖谦则说："物以顺至者，必以逆观。天下祸不生于逆，而生于顺。"他们的意思都是希望人们能够谨慎看待人生的顺境，这就是圣贤的智慧。

天下之乱，常基于微而成于著，知微者谓之君子，知著者谓之众人

名句的诞生

天下之乱，常基于微而成于著。知微者谓之君子，知著者谓之众人。《黍离》[1]之叹，虽舆台牧圉[2]共悲之，至若见铜驼荆棘[3]于全盛之时，则非知几[4]者莫能也。

——卷二十四·《晋灵公不君》

完全读懂名句

1. 《黍离》:《诗经》篇名。相传周朝大夫在西周灭亡后，经过西周宗庙，看到那里只剩下茂盛的杂草，有感而发写下这首诗。

2. 舆台牧圉：指放牛养马等地位低下的人。古代的阶级分为十等，舆是第六等，台是第十等，从第六等到第十等都属下等阶级。圉，养马的人，音"yǔ"。

3. 铜驼荆棘：西晋书法家索靖曾经指洛阳宫殿前铜铸的骆驼感叹地说："有一天我会看到你沦落在荆棘里。"后来，洛阳果然发生战争，索靖战死。出自《晋书·索靖传》。

4. 知几：能够从事情的细微征兆中察觉事情的发展趋势。

语译：天底下的乱事，往往开始时都很细微，暴发时已经变得很明显。能在乱事还很细微时就察觉的是君子，到了乱事很明显时才发现的是一般人。像《诗经》中的《黍离》诗篇一样，因为国家灭亡而发出感叹，就连负责放牛养马

286

等这类地位低下的人，也会有同样的感叹。至于像索靖那样，在全盛时期就能预知宫殿的铜铸骆驼有朝一日会因乱事而沦落在荆棘里，那除了能够察觉事情细微征兆的人以外，其他人做不到。

名句的故事

《易经》是古代的占卜书，谈的是预知吉凶祸福的哲理。孔子在五十岁以后开始研究《易经》这本书，领悟到书中精妙的哲理，不禁感叹说："知几其神乎！"意思是说，这本书的作者能够讲出察觉事情细微征兆的道理，实在是太奇妙了。

春秋时的晋灵公是个残暴无道的君主。他喜欢在高处用弹弓攻击无辜的路人，借以为乐。为了彩绘宫殿的墙壁，他不理会百姓的痛苦，执意征收重税。赵盾多次进谏，惹恼了晋灵公，晋灵公就派勇士去暗杀他。前往暗杀赵盾的勇士见到赵盾上朝前的恭敬态度，心里觉得十分惭愧，就撞树自杀了。

吕祖谦认为，晋灵公不满大臣的谏言，早有迹象可循，所谓"天下之乱，常基于微而成于著。知微者谓之君子，知著者谓之众人"，赵盾不能事先察觉晋灵公的杀机，才智只与一般人相同。如果赵盾用恭敬的心去面对晋灵公，说不定能感动晋灵公，让他弃恶从善。

赵盾是晋国的老臣，协助晋灵公即位有功。北宋时的司马光，在宋哲宗年幼时，被太后起用为宰相。

史书未详载司马光与宋哲宗对话的情形，但是宋哲宗对身为老臣的司马光一定颇有不满，才会在司马光和太后去世后，大力打击司马光从前重用的保守派。如此说来，吕祖谦对赵盾的建议，说不定也可以用在司马光这类老臣的身上。

历久弥新说名句

吕祖谦说:"天下之乱,常基于微而成于著。知微者谓之君子,知著者谓之众人。"这话虽然不错,却也有值得商榷的地方。

寇准是北宋的知名政治家。公元一〇〇四年,辽国南下攻打宋朝,气焰高涨。满朝文武大多主张迁都,只有寇准看出迁都的危害,极力主张宋真宗御驾亲征。

宋真宗到了战场,果然使得宋军气势大振,局面立刻扭转。辽国主将被宋军射杀,辽国只得订盟退兵,此后的一百多年,宋、辽之间再也没有发生过大规模的战争。

即使像寇准这样一个有远见政治家,也有看走眼的时候。他曾经和丁谓这个人结交,并把他推荐给李沆。李沆不肯任用丁谓,寇准因此向李沆提出质疑。李沆说:"丁谓确实是个很有才能的人,却不适合待在上位。"寇准反驳说:"像丁谓这样的人,你能够永远让他留在下位吗?"李沆笑着说:"以后你一定会认同我所说的话。"

丁谓后来还是在寇准的提拔下,一路往上爬,乃至当上副宰相。丁谓得势后,开始排挤寇准,甚至想置他于死地。寇准这才钦佩李沆的远见。

德国诗人歌德说:"一个目光敏锐、见识深刻的人,如果能够承认自己的见识也有不足的时候,那么他就已经接近完人的境界了。"君子固然能够"知微",但是也应该广泛听取他人的意见,才不会流于刚愎自用。

名句的诞生

天下之祸不可狃[1]，而幸[2]不可恃。问鼎[3]，大变也，国几亡而祀几绝。王孙满持辩口以御之，所以楚子退听者，亦幸焉耳。

——卷二十四·《楚子问鼎》

完全读懂名句

1. 狃：习惯。

2. 幸：侥幸。

3. 问鼎：《左传·宣公三年》记载，楚庄王向周朝大夫王孙满询问九鼎的轻重。因为九鼎是国家的象征，所以问鼎的举动可视作楚庄王有窥伺中原的意图。

语译：天下的祸患是不可以习以为常的，也不可以仗恃着侥幸的存在。楚王问鼎的轻重，意图窥伺中原，这是重大的变局，是国家灭亡或祭祀断绝的关键时刻。王孙满凭借着口才对抗楚国，然而楚国为什么会听从他的说法而打消念头，这也只是侥幸而已。

名句的故事

公元前六〇六年，楚庄王借着攻打蛮夷的机会，来到周朝境内。

周天子派大夫王孙满去犒劳楚国的军队。楚庄王故意向王孙满询问九

天下之祸不可狃，而幸不可恃

鼎的大小及轻重。相传九鼎是大禹所铸，历代都是国家的象征，楚王的问题，分明就是表现出他想要夺取天下的野心，示威的意思暴露无遗。

王孙满则回答："鼎的意义不在于它的轻重大小，而在于国君的道德高下。现在周朝的道德还没有衰败，鼎的轻重是不可以询问的。"听了大夫王孙满一番义正词严的言论，楚庄王就退兵了。

王孙满以口才说退楚军，吕祖谦认为那只是侥幸而已。他说："天下之祸不可狃，而幸不可恃。"王孙满的成功，会让之后的周朝误认为，凭借着口才就可以保护国家了，这样反而会失去上进的决心。

宋仁宗时，北方的辽国趁着宋军刚被西夏军打败的机会，向宋朝勒索土地。富弼前往交涉，凭借他的口才，改用支付金钱的方式来换取和平。

富弼是宋朝的贤相，他的做法其实是为了宋朝着想。在当时兵力不足以对抗辽国的情况下，和平是必须的。北宋的国力绝对比春秋时代的周朝要强盛得多，若是依照吕祖谦的逻辑，富弼的做法似乎更该被谴责。

然而，吕祖谦并不是针对春秋时期的政局立论，而是为了借古讽今。他借着批评护国有功的王孙满，暗讽南宋讲和派的不当。因此，吕祖谦流于苛刻的批评，其实有不得已的苦衷。

历久弥新说名句

大禹建立夏朝后，各方诸侯皆来朝贡，为表示敬意，各方诸侯常来阳城献"金"（即青铜），后来，九州岛所贡之"金"

年年增多，大禹想起从前黄帝轩辕氏功成铸鼎，为了纪念涂山大会，就准备将各方诸侯进献的青铜，铸造成几个大鼎。

为了避免被诸侯所责备，大禹经过一番深思熟虑之后，决定以该州所贡之金来铸造该州的鼎，并将该州的山川形势都铸在上面，并且将从前治水时所遇到的各种奇异禽兽等一并铸在鼎上。

经过五年的时间，气势磅礴的九鼎铸成，即冀州鼎、兖州鼎、青州鼎、徐州鼎、扬州鼎、荆州鼎、豫州鼎、梁州鼎、雍州鼎。鼎上铸着各州的山川名物、奇禽异兽。九鼎象征着九州岛，其中的豫州鼎为中央大鼎，豫州即为中央枢纽。九鼎集中到夏王朝都城阳城，借此显示夏王大禹成了九州岛之主，天下从此一统。

九鼎继而成为"天命"之所在，是王权至高无上、国家统一昌盛的象征。

大禹把九鼎称为镇国之宝，各方诸侯来朝见时，都要向九鼎顶礼膜拜。从此之后，九鼎成为国家最重要的礼器，也为历代王权及国家的象征。

正其义而不谋其利，明其道而不计其功，此吾儒之本指也

名句的诞生

正其义而不谋[1]其利，明其道而不计其功，此吾儒之本指[2]也。自谋利计功之说行，虽古人之事，峻厉卓绝[3]，表表然[4]出于常情俗虑之外者，莫不以是心量之，其为害岂浅浅哉？

——卷二十五·《楚箴尹克黄不弃君命》

完全读懂名句

1. 谋：求。

2. 本指：原有的宗旨。指，通"旨"。

3. 峻厉卓绝：崇高严正，超于众人之上。

4. 表表然：明显的样子。

语译：做道义上应该做的事，而不计较利益，力求阐扬天理，而不计较是否能建立功业，这是我们儒家原本的宗旨。自从谋求利益、建立功业的学说盛行以后，即使古人的行事，崇高严正得超于众人，明显得出乎一般人的思虑之外，还是没有不用这种心态去衡量的，这种危害哪里是少的呢？

名句的故事

当孟子来到魏国境内时，梁惠王一见到他就高兴地说："老先生！您前来我们这里，一定会提出我国有益的意见吧？"听了梁惠王的话，孟子立

刻申明自己的立场："大王何必要说'利'这个字呢？还有'仁义'这两个概念可以谈的啊！"孟子与梁惠王的这段对话，可以看作"正其义而不谋其利，明其道而不计其功"这个概念的源头。到了西汉的董仲舒之后，孟子所提出的概念更加被发扬光大，吕祖谦则视为儒家本有的宗旨所在。

楚国大夫斗椒行事蛮横，不仅杀了好几个楚国大夫，夺了令尹的位置，更率领他所统领的若敖氏全族，和楚庄王发生激战，意图篡位。楚王打败了斗椒，消灭了若敖氏。

这时，出使到齐国的楚国大夫克黄刚好在回国的路上。由于克黄正是若敖氏的后裔，所以当楚国内乱的消息传来时，就有人劝他不要回去。克黄说："谁愿意接受一个背叛国君的大臣呢？不回国，我又能逃到哪里去呢？"

克黄回到国内，楚王念在他的祖先为楚国立下大功，于是原谅了他，还让他继续担任原来的官职。

有人认为克黄的做法是置之死地而后生，吕祖谦却认为克黄只是做他认为应该做的事，绝不是像后人所想象的，是评估过利害得失之后，才选择回国的。他只是采取了符合儒家宗旨的做法而已。

历久弥新说名句

孟子周游列国时，经过了宋国，离开时收下了七十镒金；经过薛地时，他也收下了五十镒金。后来他到了齐国，齐国要送给他一百镒金，被孟子拒绝了。

孟子的学生陈臻觉得老师的做法很奇怪，就去请教孟子。他说："从前您在宋国和薛地都收了钱，可是在齐国却不收钱。

如果以前收钱是对的，那么现在不收钱就是错的；如果现在不收钱是对的，那么以前收钱就是错的。老师您要怎么解释这件事呢？"

孟子说："我在宋国收下的是送给行人的钱；在薛地收下的是防备敌人的钱，在这两种情况收钱，都是符合道义的。现在到了齐国，齐王没有任何给钱的理由而给我钱，这是在收买我。君子哪里是可以收买的呢？"

孟子说："生，亦我所欲也；义，亦我所欲也。二者不可得兼，舍生而取义者也。"守道和求生之间如果有了冲突，那么宁可舍弃生命也要维护道义。然而，若是守道和求生之间没有冲突，又何必自找死路呢？同样的道理可以应用在道义和利益之间的抉择上。

谋求利益不能违反道义，所谓黑心商人并不是因为赚钱而受到谴责，而是因为赚不该赚的钱而应受到谴责。

合乎道义的利益，孟子也会安心取用，吕祖谦引用汉儒所说的"正其义不谋其利"，一味反对利益，又哪里是儒家的真正意思呢？

名句的诞生

世未有事非而心是者。誉共兜[1]者必非信，朋跖蹻[2]者必非廉，入许史[3]者必非正，屠袁刘[4]者必非忠。见其事则其心固可不问而知也。事非心是，理所无有。

——卷二十五·《赤狄伐晋围怀》

完全读懂名句

1. 誉共兜：称赞共工、驩（音"huān"）兜。共指共工，兜指驩兜，两人都是唐尧时奸臣。

2. 朋跖蹻：结交盗跖、庄蹻。跖指盗跖，蹻指庄蹻，两人都是古代的大盗。跖，音"zhí"。

3. 入许史：接纳许伯、史高的请托。许伯、史高是汉宣帝时的外戚，位高权重，当时有一个名为宽饶的官吏，为人所诋毁，另一位官吏替他辩解，用他不曾接受许伯、史高等权臣的请托，来说明他的正直。

4. 屠袁刘：杀害袁标、刘延熹。一说杀害袁粲、刘彦第。袁标、刘延熹及袁粲、刘彦第都是南朝宋的忠臣，在南朝齐时被杀害。

语译：世上没有行事不正而用心良善的事。称赞共工、驩兜的，一定是没诚信的人；结交盗跖、庄蹻的，一定是不廉洁的人；听从许伯、史高的，一定是不正直的人；杀害袁标、刘延熹的，一定是不忠心的人。看到他所做的事，那么他的用心不必询问也可以得知了。行事不正而用心良善，绝对没有这种道理。

名句的故事

公元一〇六八年，宋神宗即位，建年号熙宁。熙宁二年，宋神宗任用王安石为参知政事，也就是副宰相，让他着手推行新法，对宋朝历史影响深巨的"熙宁变法"就这样开始了。

新法的涵盖层面很广，如经济、教育、军事等，都有重大的变革。新法一施行，立刻遭到韩琦、司马光等守旧大臣的反对。司马光写了一封长达三千多个字的书指责王安石变法的不当，点出变法的四大缺失：侵官（越权做事）、生事（制造事端）、征利（与民争利）、拒谏（拒纳谏言）。王安石回信，一一反驳，两人从此绝交。

由于新法招来的反对声浪太大，以致王安石把不同的建议都当作反对意见，把所有意见不同的人都当作反对新法的人，贤能的大臣因此一一离开，到后来，朝中只剩下巴结奉承的小人。那帮小人往往利用新法的漏洞，为自己谋取利益，导致百姓怨声载道。

宋神宗驾崩之后，哲宗即位。守旧派的司马光当了宰相，把新法完全废除。后来，改革派再度掌权。从此，宋朝就在改革派与守旧派的相互争斗之下走向末路，史称"新旧党争"。

吕祖谦说："事非心是，理所无有。"借此指出态度错误，结果必定失败的道理。这个道理可以说明王安石的情形。王安石其实有心报国，但变法的结果却是负面的。王安石的"心非"，不在报国之心的急切，而在他的刚愎自用，不肯接纳他人的建议。

历久弥新说名句

网络上流传着一则消息：中国考古学家在公元二〇〇六年发现了秦桧后人的墓穴，并在墓穴中找到秦桧亲笔所写的遗嘱。看完了遗嘱之后，考古队立刻为了后人近千年来误会秦桧而向他磕头。

遗嘱中，秦桧为自己陷害岳飞的行为辩白。他说，岳飞一心想扬名立万，完全不理会宋高宗的利益，甚至秘密联络被囚禁在北方的宋徽宗，终于引来了宋高宗的杀机。岳飞死后，他人纷纷质问秦桧。他不敢说是皇帝的意思，只好用"莫须有"三个字来含糊带过。

关于秦桧杀岳飞一事，有人认为他是受了金国的指使，有人认为他是听了皇帝的命令，无论他杀岳飞的动机是什么，但是他确实害死了岳飞，而岳飞也确实是个忠于国家的良将。诚如吕祖谦所说的，"事非心是，理所无有"，秦桧害死了忠臣既然是事实，无论他的动机是什么，又怎么可能掩盖他的罪过呢？

孔子说："视其所以，观其所由，察其所安。人焉廋哉？人焉廋哉？"这句话的意思是说，观察一个人除了要看他做了什么事，还要看他怎么做这件事，更要看他做了这件事之后的态度。就这三点来说，秦桧都应该接受世人的谴责，而宋高宗也逃不了责任。

人苟心不在于善，凡所遇之事曲固曲也，直亦曲也

人苟心不在于善，凡所遇之事曲固曲也，直亦曲也；邪固邪也，正亦邪也。

——卷二十五·《赤狄伐晋围怀》

完全读懂名句

语译：如果人的想法不正当，那么他所做的事，不正当的固然视为不正当的，就算是正当的，也会被视为不正当的；他所做的事，邪恶的固然是邪恶的，就是正直的事，也会被看作邪恶的。

名句的故事

公元前六○三年，赤狄攻打晋国，晋成公准备出兵讨伐。这时，荀林父说："先不要出兵，让他残害百姓。等到他坏事做尽，我们再来打他，就很容易成功了。"

公元前五九四年，晋景公准备攻打赤狄。因为当时赤狄宰相酆舒是个能力相当杰出的人，所以朝中大夫力阻晋景公出兵。大夫伯宗力排众议，他说："酆舒的能力虽强，但是赤狄有许多罪过，而酆舒没有道德，就算有能力又有什么用呢？现在不攻打赤狄

的话，万一继任的宰相是个有道德的人，晋国就没有理由攻打他们了。"晋景公听从伯宗的话，因而获得了胜利。

吕祖谦认为，在做法上，荀林父和伯宗都无可非议，但在心态上，两人都该被批评，因为他们一个希望别人多做坏事，另一个希望别人不要改过。吕祖谦说："人苟心不在于善，凡所遇之事曲固曲也，直亦曲也；邪固邪也，正亦邪也。"他认为，只要心态不正直，就算做的是正直的事情，也应该被当作不正直看待。

在古代，往往用道德来评论一个人的表现，吕祖谦的评论就属这类"道德批评法"。

历久弥新说名句

庄子说："射者非前期而中，谓之善射，天下皆羿也，可乎？"这句话的意思是说，如果没有先设定目标，无论射中什么东西，都可以说是射中了目标，那么，全天下的人都可以说是像后羿一样的神射手了，世间哪有这样的道理？如果某人本来想做坏事，却意外做出好事，这只能代表某甲做坏事失败了，哪里可以说他真正做了一件好事？

有一回，孟子在石丘遇见宋牼。孟子问他："您要到哪里去？"宋牼说："我听说秦国和楚国将要发生战争，所以我要去见楚王，告诉他战争是没有利益的，请他停战。如果楚王不听，我就去劝秦王。"

孟子说："您的想法很好，但是您的说法不好。如果您用利益的说法，劝服两国的国君，两国的士兵也都会因此认为利益是很重要的。如此一来，臣子事奉国君时会想着利益，儿子事奉父亲时会想着利益，弟弟事奉兄长时也会想着利益。道德将会因此沦丧，国家也会因此灭亡。您为什么不用仁义的说法去劝两国国君呢？"

孟子重视仁义，并不是因为迂腐，而是因为他知道一旦动机不正确，结果无论是什么，都不能算正确。当他第一次见到梁惠王时，就申明立场，说自己是为了实践仁义而来，那也是基于同样的理由。

名句的诞生

内暗[1]则外求，外求则内虚。是[2]理也，乐内之君子不言而喻[3]，慕外之士所当深省而力戒也。

——卷二十五·《郑公子曼满欲为卿》

完全读懂名句

1. 内暗：内心不明白义理。

2. 是：此。

3. 不言而喻：不用说也明白。

语译：内心不明义理的人就会去寻求外在的事物，一味寻求外在的事物，内心就会空虚。这个道理，对于内省修德的君子而言，不用说也明白的道理，对于贪求外在事物的人而言，则是应该要深自反省而尽力戒除的。

名句的故事

公元一〇七九年，也就是宋神宗元丰二年，苏轼调任湖州，循例写了一通表达谢意的奏章给皇帝。

这本是一件平常的事，但是在奏章里，苏轼流露出对新政不满的意思。朝中的改革派因此大做文章，找出苏轼诗文中所有对时政不满的文句，要求宋神宗处死苏轼。宋神宗并未准奏，只将苏轼贬到黄州。

内暗则外求，外求则内虚

苏轼以戴罪之身被贬到黄州,日子过得相当辛苦。因为一时没有地方住,所以暂时借住在承天寺。住在承天寺时,他曾在夜里找朋友张怀民一起夜游赏月,并留下了《记承天寺夜游》一文。

张怀民是苏轼的好友,与苏轼一样被贬到黄州。张怀民在住宅的西南方盖了一间亭子,请苏轼替亭子取名。苏轼为张怀民所建造的亭子取名为"快哉亭",苏轼的弟弟苏辙则写了《黄州快哉亭记》,详述苏轼为亭子命名的理由。

苏辙在文章里说,读书人只要内心安稳自在,那么到任何地方也会安稳自在。这段话用于形容苏轼这个人再恰当不过了。因为苏轼在一生中多次被贬官,最远甚至贬到蛮荒的海南岛,他都用乐观的态度去面对。

吕祖谦曾用"内暗则外求,外求则内虚"评论《左传》中郑国公子曼满求官一事,强调不应向外追求名利而失去自我,这也是苏辙《黄州快哉亭记》一文的主旨所在。

历久弥新说名句

孔子说:"君子求诸己,小人求诸人。"道德修养是由自己决定的,这是君子所追求的;功名富贵是由他人给予的,这是小人所追求的。

句子中的"地位"并不只是社会的地位,还可以涵盖精神的地位。追求道德修养的人,遇到任何事都可以作为修养自己的辅助,事事主动,在精神上自然属于较高的地位;追求功名富贵的人,遇到任何事都担心会影响到自己的目标,事事被动，在精神上自然属于较低的地位。

　　精神上长期处于低位的人，等于事事由他人做主，即使别人看自己觉得很风光，但是，却是用自己的尊严换来的，这就是"外求则内虚"的真相。

名句的诞生

凡言必有端[1]。发端自我，则我轻而彼重；发端自彼，则我重而彼轻。臣之事君则无彼我之间[2]，亦非屑屑[3]校[4]轻重之地也。

——卷二十五·《楚子从申叔时谏复封陈》

完全读懂名句

1. 端：开始，开端。

2. 间：分别。

3. 屑屑：琐碎的样子。

4. 校：计较。

语译：说话时一定有人先开头。从我先开始，那么我的言论就比较不重要，对方的言论就比较重要；从对方先开始，那么对方的言论就比较不重要，我的言论就比较重要。臣子侍奉国君时则没有彼此的分别，也不会去斤斤计较谁轻谁重及各种小细节的地方。

名句的故事

夏姬是春秋时代的美女，嫁给陈国大夫夏御叔后，生下儿子夏征舒。夏御叔死后，夏姬和陈灵公及两位大臣孔宁、仪行父通奸，闹得全国上下都知道他们的丑闻。

公元前五九九年，陈灵公和孔宁、

凡言必有端。发端自我，则我轻彼重；发端自彼，则我重彼轻，仪行父在夏姬家里喝酒。陈灵公和孔宁、仪行父两人拿夏征舒的身世开玩笑。夏征舒听到之后，盛怒之下杀了陈灵公，孔宁、仪行父则逃往楚国。

第二年，楚庄王以讨伐夏征舒为理由，领兵攻打陈国，杀死夏征舒，并且把他分尸。

楚庄王杀了夏征舒后，就把陈国并为楚国的一县。楚庄王吞并了陈国之后，各国诸侯和大夫都向楚王道贺，只有大夫申叔时没有。楚庄王因此责备申叔时，申叔时则借机向楚王劝说吞并陈国的不当。

申叔时说："如果有人牵着牛走过别人的田，踩坏了别人的农作物，罪在牵牛的人。然而，田主人却不可以因此而抢走那个人的牛。我们楚国攻打陈国，这是因为陈国有罪，但是现在竟然吞并了陈国，不是做得太过了吗？"楚庄王觉得申叔时的话很有道理，于是放弃吞并陈国的举动。

吕祖谦说："凡言必有端。发端自我，则我轻彼重；发端自彼，则我重彼轻。"申叔时不主动开口劝谏，而让楚王主动询问，以让他的谏言在短时间内发挥最大的功效，这种做法值得嘉许。

历久弥新说名句

东汉初年，大臣朱浮向皇帝密奏大臣彭宠的罪过。彭宠十分生气，发兵攻打朱浮，朱浮就写了一封信给他的敌人。信中说："智者顺时而谋，愚者逆理而动。"

这两句话虽是朱浮用以批评敌人行事不当的用语，却也适合为一般人行事的参考。做任何事都要看准时机。吕祖谦说：

"凡言必有端。发端自我，则我轻彼重；发端自彼，则我重彼轻。"了解这个道理，才能在说话中掌握时机，劝服对方。

战国时，齐国大夫田婴想在薛地筑城，打算在那里当个呼风唤雨的土霸王。主意已定的他，下令不准任何人来劝说他。

有一个人来到田婴的门前，说："臣只要求讲三个字，多说一个字的话，我甘愿被处死。"田婴就答应见他。

他来到田婴的面前，说："海大鱼。"说完转身就走。

田婴叫住他，请他解释清楚。那个人才慢慢地说："海里的大鱼只要一离开大海就只能无助地躺在地上，再小的蝼蚁也可以欺负它。齐国就像您的大海，您要是和齐国决裂，就等于离开海的大鱼，薛地的城墙筑得再高又有什么用呢？"田婴觉得他的话很有道理，就打消了在薛地筑城的念头。

劝说他人，靠的不只是口才，更要掌握时机。在社会上，难免有要劝说他人的时候，懂得这个道理，才能无往不利。

名句的诞生

以物为惠，惠之麤[1]；以城为守，守之下。楚师之围萧也，衣虽寒而三军之士不寒。萧人之受围也，城未破而还无社[2]之心先破。

——卷二十五·《楚子伐萧》

完全读懂名句

1. 麤：通"粗"。

2. 还无社：萧国大夫。

语译：用物品来施恩惠，这是最粗浅的恩惠；用城池作为防御，这是最初级的防御。楚国军队包围了萧国，楚国将士们的衣裳虽然单薄，但是三军的士气却很旺盛。萧国受到了包围，城池还没被攻破，可是大夫还无社的心已经被攻破了。

名句的故事

公元前五九七年，楚庄王攻打萧国。当时正值冬天，有人对楚王说："士兵们都很冷。"楚王听了之后，就亲自到军中安慰士兵，士兵们的内心顿时感到一阵温暖。楚国军队士气大振，攻到萧国的城下。

萧国大夫还无社是楚国大夫司马卯的旧识，靠着这层关系，还无社见

以物为惠，惠之麤；以城为守，守之下

到了楚国将领之一的申叔展。申叔展知道还无社见他的目的是向他求助，为了救还无社一命，申叔展要他躲到枯井里，并要他在井上做下标记。为了怕还无社太早出来，被别人所杀，申叔展还告诉他，听到有人对着枯井号哭时再出来。不久，楚国攻进萧国城内，申叔展也救出还无社。吕祖谦肯定楚王的做法，于是他说："以物为惠，惠之麤。"楚国的士兵本是地位低下的人，却能得到君王亲自的安慰，这是他们士气的来源。他又说："以城为守，守之下。"指出萧国的士气早已崩溃，就是有高墙深池也没有用，还无社只是其中一个代表而已。

吕祖谦死后二十年，主战派的韩侂胄领兵北伐，因为士气不振，训练不精，以致战事连连失利。韩侂胄本来打算整兵再发，但是奸臣史弥远乘机杀害韩侂胄，把他的头颅送给北方的金国，于是北伐宣告彻底失败。韩侂胄的失败，固然是因为准备不够充分，但南宋上下全无战心，这才是失败的主因啊！

历久弥新说名句

瑞士诗人约翰·卡斯珀·拉瓦特尔说："在表现出施惠者的品德方面，施惠的态度比施与的物品更加重要。"

有一年，齐国发生饥荒。有一个名叫黔敖的人在路边摆了一些食物，打算救济那些路过的灾民。过了一会儿，一个灾民用袖子遮着脸，拖着踉跄的步伐，缓缓走了过来。黔敖一手拿着食物，一手端着水，大声地喊着："嗟！来食！"这语气十分不客气，灾民听到黔敖的话，生气地看了他一眼，说："我就是不肯吃那种会侮辱我的食物，才会落到这种下场的，你以为我会接受你的侮辱吗？"说完就走了，宁死不愿接受黔敖的施舍。

　　《礼记》里的这段故事，就是"嗟来之食"这句成语的出处。"嗟来之食"就是无礼的施舍。即便在不得已的情况下接受了"嗟来之食"，心中肯定不会存有感激的意思。

　　"以物为惠，惠之麤"，以傲慢的态度施惠给需要帮助的人，尚且不能得到感激，更何况属下所领的薪水，是自身劳力或心力的报偿。有傲慢的主管，就不会有忠诚的员工，这一点领导者不能不谨慎。

《中文经典100句：东莱博议》

作者：文心工作室

中文简体字版 © 2018年由北京微言文化传媒有限公司出版、发行。

本书经城邦文化事业股份有限公司【商周出版】授权，同意经由北京微言文化传媒有

限公司，出版、发行中文简体字版本。非经书面同意，不得以任何形式任意重制、转载。

图书在版编目（CIP）数据

中文经典100句：东莱博议 / 曾家麒编著．—上海：上海三联书店，2018.10

ISBN 978-7-5426-6426-6

Ⅰ．①中… Ⅱ．①曾… Ⅲ．①古典散文－名句－鉴赏－中国－北宋 Ⅳ．①I207.62

中国版本图书馆CIP数据核字(2018)第178056号

中文经典100句：东莱博议

总 策 划 / 季旭昇

编 著 者 / 曾家麒

责任编辑 / 朱静蔚

特约编辑 / 李志卿 王焙尧

装帧设计 / 微言视觉工坊 | 苗庆东 小麦

监 制 / 姚 军

责任校对 / 朱 鑫

出版发行 / 上海三联书店

(201199) 中国上海市闵行区都市路4855号2座10楼

邮购电话 / 021-22895557

印 刷 / 山东临沂新华印刷物流集团有限责任公司

版 次 / 2018年10月第1版

印 次 / 2018年10月第1次印刷

开 本 / 889×1194 1/32

字 数 / 241 千字

印 张 / 10

书 号 / ISBN 978-7-5426-6426-6/Ⅰ·1433

定 价 / 49.80元

敬启读者，如发现本书有印装质量问题，请与印刷厂联系0539-2925680。